中华先锋人物
故事汇

吕其明

弹起我心爱的土琵琶

LÜ QIMING
TANQI WO XIN'AI DE TUPIPA

王立春 著

党建读物出版社　接力出版社

图书在版编目（CIP）数据

吕其明：弹起我心爱的土琵琶／王立春著．—南宁：接力出版社；北京：党建读物出版社，2022.12

（中华人物故事汇．中华先锋人物故事汇）

ISBN 978-7-5448-7975-0

Ⅰ.①吕…　Ⅱ.①王…　Ⅲ.①传记小说－中国－当代　Ⅳ.①I247.5

中国版本图书馆CIP数据核字(2022)第218442号

吕其明——弹起我心爱的土琵琶
王立春　著

责任编辑：姜　竹　赵梦姝
责任校对：王　蒙　李姝依
装帧设计：严　冬　　美术编辑：高春雷
出版发行：党建读物出版社　接力出版社
地　　址：北京市西城区西长安街80号东楼（邮编：100815）
　　　　　广西南宁市园湖南路9号（邮编：530022）
网　　址：http://www.djcb71.com　http://www.jielibj.com
电　　话：010-65547970/7621
经　　销：新华书店
印　　刷：北京科信印刷有限公司
2022年12月第1版　　2022年12月第1次印刷
787毫米×1092毫米　32开本　4.5印张　70千字
印数：00 001—10 000册　定价：25.00元

本社版图书如有印装错误，我社负责调换（电话：010-65547970/7621）

目 录

写给小读者的话 ………………… 1

踏着《红旗颂》的旋律 ……… 1

九岁的"长征路" …………… 5

追随英雄脚步 ………………… 11

佩枪少年 ……………………… 19

舞台上的小毛 ………………… 23

爸爸来看演出 ………………… 31

小演员,大名声 ……………… 37

机灵鬼屡立奇功 ……………… 43

与英雄为伍 …………………… 49

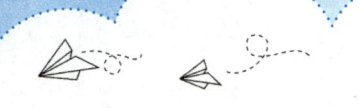

小小乐痴·················55

贺绿汀到了剧团············61

树林传来小提琴声···········65

洪泽湖遇险···············69

山洞里七天七夜············77

新四军遇到了八路军··········85

完成音乐处女作············91

为影视作品谱曲············97

亲情、战友情永不忘··········109

把一生融入红旗············119

从《红旗颂》到"红色三部曲"···127

写给小读者的话

他知道,他的一生,都将融入这面旗帜。

怀着对祖国和人民的赤子之心,他夜以继日、废寝忘食地创作,终于完成了交响史诗《红旗颂》。

他就是现在已经九十二岁的吕其明,他被授予了"人民音乐家"的称号,被孩子们称为"红旗爷爷"。

九十二年前,他出生在安徽的一个小城。他怎样度过充满战火的童年,勇闯革命生涯?他又怎样历经风雨,成为成就斐然的音乐家?我们似乎能从接下来的阅读中找到答案。

在这本书里,我们省略掉了吕其明成年之后的很多事迹,将重点放在了他的童年成长上。一个人童年的经历将影响他的一生，童年的成长将会指明他未来的方向。

那是一个九岁就完成了一个人"长征"的童年。

那是一个别着一把小手枪走在文工团队伍里的小新四军。

那是一个舞台上扮演着苦难深重的逃难小孩的小演员。

那是一个脱下军装变成村里的"野小子"侦察敌情的小战士。

那是一个掉进风雨湖中却抱住一条大鱼没被淹死的小顽童。

那是一个忍受了敌人七天七夜的搜捕却最终走出山洞的小小革命者。

那是一个在月光下像做梦一样幻想着有一把小提琴的未来音乐家……

让我们跟着吕其明的童年，重回那战火纷飞的年代，在战火中和他一起成长，深切感受那燃烧的旋律。

踏着《红旗颂》的旋律

懂得驾驭音乐这辆马车的人，音乐终将带他进入辉煌的艺术殿堂。

音乐由七个基本音符组成，就像七匹桀骜不驯的骏马。音乐家们驯服了它们，并驾驶着它们自由驰骋。而那些优美的旋律，在生命的天空留下了不朽的痕迹。

音乐家吕其明用一辈子的时光，驯服这七匹骏马。当他驾驶着自己的音乐马车来到他九十一岁这一年的时候，一扇金色的大门在他面前徐徐打开了。

这是中华人民共和国人民大会堂的大门，气势恢宏，光彩夺目。这一天是二〇二一年六月二十九日，是中国共产党成立一百周年前夕。在这扇大门里，这个带领着中国人民创造出伟大奇迹的政党，正在为立足本职、默默奉献的杰出代表们颁授荣誉——"七一勋章"。

高擎红旗的礼兵分列道路两侧，十八名礼兵在台阶上持枪伫立，手持鲜花的少先队员欢呼致意。吕其明穿着深色西装，佩戴党徽，精神矍铄，从礼宾车中走出，挺直一个老军人的脊背，走上通往人民大会堂的红毯。这个时候，音乐响了——

小号声响起，像吹响了进军号，随着密集的鼓点持续跟进，大钹嚓的一声响，弦乐、管乐、打击乐一起奏响，像焰火升空，像万泉喷涌，像烈马奔腾，主旋律升腾而起，这是每一个中国人听了都会热血沸腾的乐曲《红旗颂》，而作曲者，正是吕其明本人。

吕其明踏着自己创作的音乐走进了人民大会堂！

和从前许多次的获奖比起来，这党内的最高荣誉，分量格外沉重。令他没想到的是，他的勋章上还萦绕着自己的音乐，这是一位艺术家最大的荣耀。

踏着《红旗颂》的旋律

他在《红旗颂》的旋律中一步步走向前，眼睛湿润了。

为这一刻，他走了整整八十年。

他的眼前，竟有些恍惚。

过往的日子像电影一样在他的面前回放。

他为多少电影创作过音乐，已经数不清了。

他得过多少奖项，诸如金鸡奖、飞天奖、中国音乐金钟奖终身成就奖等，已经数不清了。

他大步向前走着，一步步走向壮年，一步步走回青年，一步步走到童年。

那些战火纷飞……

那些惊涛骇浪……

那些魂牵梦萦……

那些怦然心动……

那爱不释手的小手枪……

那仰着脸才能望到的父亲……

那座小县城，那被敌人烧毁的老屋……

那一年，他九岁。

九岁的"长征路"

吕其明九岁时,正是一九三九年,抗日战争全面爆发的第三年,中华大地满目疮痍,到处生灵涂炭。

父亲吕惠生接到共产党地下组织的情报,国民党反动派图谋杀害他,他需要赶紧从当地撤离,前往新四军江北游击纵队驻地。吕惠生赶回安徽无为县的家中,告诉全家人这个决定。

小小的吕其明还不明白发生了什么事,只知道危险即将降临。除了妈妈,他还有姐姐和弟弟妹妹,这一大家人如何逃出去?

生活,第一次向九岁的吕其明展示了它的残酷。

这天夜里，月黑风高，寒气逼人，吕惠生一大家人趁着夜色踏上了逃离虎口的征程。

吕其明一生也忘不了那段逃难之路。

他太小了，小到在临走时都没来得及看一眼老房子，那个装满了他整个童年的老房子，那个坐落在吕家巷小街上的、他们祖祖辈辈住过的老房子。

而路途是那么凶险和漫长，以至于在吕其明一辈子的记忆中，还没有哪一段艰难能和那段路相比。

他们翻山越岭、马不停蹄，一天要赶七八十里路，一边疾走一边还要避开敌人的追捕。

比吕其明稍大一点儿的姐姐体力尚且支撑得住，比他小一点儿的弟弟被父母背在背上，更小的妹妹则是被抱在怀里。只有他以最小的个子、最弱的体力，像大人一样，从早跑到晚，从晚跑到早。一个九岁的孩子，每天完成这样的长途跋涉，现在想想几乎不可能。

吕其明坚持着，一路饥渴，一路踉跄，一路惊吓，连躲带藏，连拉带拽，连滚带爬，跟家人一起，经过长途行进，用了近一个月的时间，最终抵达目的地。

这是一场童年的长征，这是一场体力和意志的修炼。在这之后，吕其明在生命的征程中再遇到任何艰难险阻，都无所畏惧了。艰与险的挣扎，生与死的考验，在童年时，就已在他的生命中掠过了。

他们逃到新四军江北游击纵队驻地不久，从老家传来消息，没有抓到吕惠生的国民党恼羞成怒，一把火把吕家那座老房子给烧了。

听到这个消息，吕其明的心被揪疼了。敌人抹去了老房子的身影，却抹不去他留在那座老房子里的美好记忆。

老房子是祖父留给他们的。

想起祖父，吕其明总能想起年幼时的情景。

吕其明最爱祖父，调皮的他常爬上祖父的膝盖，揪着祖父的胡子玩儿。

祖父名叫吕仲藩，出生于当地名门望族。他文采斐然，参加科举考试一路过关斩将，考到了秀才。全县读书人有很多，秀才却是屈指可数。祖父在地方上受到了人们的尊重。他以教书维持着一家人并不富裕的生活,更以自己的学识和睿智影响着吕其明。他教这孩子读贤文,增广智。他传下的乐善好施、慷慨助人的家风,让吕其明受益终生。

祖父常给吕其明背诵刘禹锡的《陋室铭》,"谈笑有鸿儒,往来无白丁",背的时候语气铿锵、抑扬顿挫。幼小的吕其明懂得了,即使茅屋简陋,即使家境并不优越,知识可使其亮堂,智慧能让人灵秀。

亮堂的祖屋,走出了吕其明的大伯父吕蓝生。他在冯玉祥的麾下为官,担任财政专员一职,为政清廉。

亮堂的祖屋,走出了吕其明的二伯父吕芝生。他当过几年县长,后修炼禅意书法境界,又投入新中国建设,走到共产党的旗帜下。

亮堂的祖屋,走出了吕其明的父亲吕惠生。这位一九二六年毕业于国立北京农业大学的高才生,回到家乡后,先从教后从政。

卢沟桥事变爆发后,吕惠生就与共产党地下组织取得了联系，他以自己的特殊身份，积极投身抗日救亡运动。

新四军江北游击纵队初创时期，缺少武器，补给十分困难，吕惠生利用自己的社会地位和影响力，不遗余力地四处奔走，为部队筹集了大批的粮饷和弹药。国民党反动派将他视作眼中钉，一旦抓住时机，就会将他置于死地。

只可惜，在国民党这次追捕之下，父亲带他们被迫逃离无为老家，亮堂的老房子被烧毁了。

后来，成年的吕其明再回老家时，只能找到那条叫吕家巷的小街，连自家老房子的遗迹都找不到了。

追随英雄脚步

离开老房子，吕其明就开始了居无定所的生活，他也渐渐踏上了革命的征程。革命的征程中没有舒适的暖屋，舒适的暖屋也走不出一个真正的钢铁战士。

他们到达半塔集之后，新四军驻地就成了全家人的新家。

一九四〇年，吕其明十岁。父亲被委派去仪征抗日民主政府当县长。妈妈带着他们姐弟四个，在半塔集的老乡家里生活。

有一天，吕其明正在家的外边和小伙伴们玩耍，忽然听见有人喊他："吕其明，你家来人了，你姐叫你回家！"

吕其明听了赶紧往家跑，到家时已满头大汗。

推开家门，他发现家里除了姐姐，又来了两个女孩，穿着新四军的衣服。这是两名文艺兵，她们穿得很整齐，很精神。两人都背着挎包，高个子的女兵还挎着小手枪。

女兵看见了吕其明，摸着他汗津津的头发说："我们是二师抗敌剧团的，来招小演员。你叫吕其明吧？"

吕其明心想，原来是招文艺兵的啊！这正是自己日思夜想的啊！他忙不迭地回答："是！你们看我行吗？"

高个子的女兵只是用目光扫视着这个小男孩。

"你可以扮演那个逃难的小孩……"

她的话音还没落，吕其明急了："逃难？我才不逃难！"吕其明对"逃难"两个字反感极了，"我们全家投奔革命，被敌人追杀，差一点儿落入虎口。"他对那次逃难记忆犹新，再也不想有这样的经历。

"看来你有逃难的体会，戏一定会演得好！"

于是，两个女兵异口同声地说："好，就这么定了！"

一直在旁边没有插话的姐姐，一下子急了。"那我呢？"她用手摇着两个女兵的胳膊，"我也要参军！"

两个女兵望着她，点了点头："好啊，我们剧团正缺女兵呢！"

正在这时，在后院干活儿的妈妈沈自芳回来了，手里拎着装满青菜的篮子。

她知道了女兵们的来意，感觉心里一下子空了。她请她们坐下，给每人倒了一杯茶，听着女兵们亲热地叫她"沈妈妈"，还是无法使自己平静下来。

她深情地望着自己的两个孩子，目光一刻也不离开他们。她知道到部队锻炼是一件好事，但孩子还这么小，本来已吃了很多苦，她实在是舍不得。她的心情很矛盾，拿不定主意，建议她们去问问他们爸爸的意见。

不久，爸爸那里有了回音，他的意见很干脆："参军是好事，让孩子们到艰苦的环境中，到革命的大熔炉中去锻炼吧！"

沈自芳毕竟是一个心怀宽广、和丈夫一起经历过艰苦斗争的人,她最终横下心:"我和他们爸爸一样,支持!"

姐姐和吕其明跑过去,一下子抱住了妈妈。他们知道,亲爱的妈妈一定会支持的。

两个女兵又来了。她们笑着对沈自芳说:"沈妈妈,我们今天就把他们带走啦!"

经历过大风大浪的妈妈,一听说马上要把两个孩子带走,又一次沉默了。作为母亲,她怎么舍得让两个年幼的孩子真的离开?晓晴和其明,从小到大都没离开过自己,现在怎么说走就要走了?一种骨肉分离的疼痛深深刺痛着她的心。

"沈妈妈,到了部队,晓晴和其明是妹妹和弟弟,我们都是大哥哥大姐姐,一定会照顾好他们的,您放心好了!"

妈妈搂住两个孩子瘦弱的肩膀,她知道这个时候,再舍不得也得舍了。

就这样,两个女兵将吕其明和姐姐带出了家门。姐弟俩眼含热泪,一步一回头。他们的妈妈站在门口,泪水如断了线的珠子,打湿了衣襟。

终于，擦干泪水，吕其明和姐姐毅然决然地走向了新四军的队伍。他想，如果真的在抗敌的前线牺牲了，或许就和妈妈永别了。但是，参军，成为一名新四军，跟着共产党去抗日，是他一直以来的梦想。

因为在吕其明心中有两位大英雄，他一直想成为他们那样的人。

一位是张云逸，一位是罗炳辉。

张云逸是位出生入死的大英雄，参加黄花岗起义，死里逃生；戎马一生，从没在战场上受过伤，被人称为"福将"。这位有勇有谋的将领，有一次专门来拜访吕惠生，与他共同商议抗日大计，吕惠生大受鼓舞。那时新四军少粮少药少枪弹，吕惠生四处奔走组织募捐，筹集各种给养，为江北游击纵队的发展与壮大做出了贡献。

吕其明能听到他们的谈话声，也远远地望到了大名鼎鼎的张云逸，发现他个子不高，长相朴实。吕惠生和张云逸结下了深厚的友情。吕其明祖母去世时，江北游击纵队的许多战士都来送葬。

另一位是大英雄罗炳辉。那年新四军江北游击纵队来到了吕其明的家乡无为，副指挥罗炳辉骑着高头大马，带领队伍走进了县城，威风极了。

他骑着马走到哪里，身后都跟着一群小孩子。这群小孩子中，就有吕其明。他眼睛一直离不开罗炳辉身上的盒子枪。罗炳辉用这把枪，创造了一个又一个传说。

吕其明对罗炳辉佩服得五体投地，他盯着那把枪入了神。他想：有朝一日，我也要有这样一把枪。我要成为神枪手，上战场打敌人。

罗炳辉把他叫到跟前，看着这个小家伙执着的神情，摸着他的头说："喜欢这把枪？你也想拿枪上战场？"

吕其明使劲地点点头。

"那你长大了参军吧，参加新四军，就会有一把枪，可以狠狠地打敌人了！"罗炳辉看出了吕其明的心思。

吕其明把目光从枪上挪到了罗炳辉的眼睛上。看到罗炳辉那如炬的目光，吕其明一下子下定了决心。

去参军，上战场，拿起枪，打敌人！

罗炳辉从吕其明的眼神里看出，这孩子将来长大，一定是一条好汉。后来，吕其明真的成了一名新四军小战士，在部队里，他们结下了深厚的革命友谊。

张云逸和罗炳辉经常到吕其明家里，和他的爸爸商讨新四军的事，件件都是大事。

吕其明那时很小，听不懂他们在说什么。守在门外的警卫员总是逗着他玩儿，给他讲部队打仗的故事，讲"小人小马小刀枪"的故事，讲得绘声绘色。吕其明听得入了神。

他做梦都在想，自己也能像"小人小马小刀枪"那个故事里讲的一样！

张云逸、罗炳辉，还有爸爸吕惠生，他们成了吕其明童年路上的明灯，照耀着他，引领着他。

佩枪少年

一个人走上什么样的路，关键的是在某一个十字路口的选择。

吕其明之所以后来能成为"人民音乐家"，除了他骨子里就具有的音乐天分，还有一个原因就是，在十岁的十字路口，他选择了投向新四军。

倘若没有这个选择，吕其明的人生或许完全会是另外一个样子。

一九四〇年的那个春天，阳光明媚，风儿清爽，一个孩子，一条大道，中国音乐史将迎来一个翻开新篇章的人。

到了新四军二师抗敌剧团，吕其明觉得什么事都是新鲜的。

集合、训练、学习、转移，随时随地跟随部队，对于一个新战士来说，要适应的东西太多了。好在剧团的大哥哥大姐姐悉心帮助，使他很快适应了这个新环境。

一件事让吕其明进部队不久就出了名。

他带了一把小手枪。

那可是一把货真价实的小手枪，而不是男孩子把玩的木头枪。小手枪只有吕其明手掌那么大，人们都叫它"掌心雷"。

那是爸爸送给他的。

说起这把枪，来历还真不小。

吕惠生到仪征县上任之前，陈毅军长曾与他谈话。陈毅特别看重吕惠生，他常常跟部队官兵讲，新四军江北游击纵队初创时期，非常艰苦，是吕惠生不遗余力地筹集各种补给。因此，吕惠生被大家称为"不在编的后勤部长"。

陈毅对吕惠生说："你是农业专家，对家乡农业发展有贡献，往后新四军肚子饿了，没啥子吃了就得向你要啦！"

吕惠生重重点头。

"皖中这个地盘很重要，具有重要的战略地位，组织上派你在那里工作，是委以重任！"陈毅郑重地说。

分别时，陈毅掏出一把在战场上缴获的小手枪，连同五十枚锃亮的子弹送给吕惠生做纪念。这把小手枪是德国造的，非常小巧，它的子弹尖上带着毒，杀伤力很强，特别适合防身。

吕惠生牢记陈毅的话，在仪征县的工作做得风生水起，不负众望。

吕惠生认为，儿子进入部队这个大熔炉，注定要迎接枪林弹雨、出生入死的考验，为帮助儿子在关键时刻保护自己、消灭敌人，他将这把小手枪送给了吕其明。他相信自己的儿子一定会成为一名坚强的战士。

吕其明得到了这把枪，爱若珍宝。要知道，艰苦卓绝的抗日战争时期，后方的战士是没有枪的，要是谁能拥有枪，哪怕一把小手枪，都会让人羡慕不已。

吕其明到了部队，把枪和子弹擦得锃亮，挎在腰间，挺着小胸脯，像一个真正的战士那样走起来，神气极了。

大哥哥大姐姐看到了，一下子围上来，要看看这个新鲜玩意儿。

指导员让吕其明摘下枪来给大家看，并给大家讲这把枪的特点和威力，还给大家讲了这把枪的来历。

吕其明很纳闷："指导员，你是怎么知道的？"

"你带枪参加剧团，我能不问个明白？"指导员说，"再说，你的爸爸是仪征县县长，鼎鼎大名谁不知道。"

吕其明不再言语，只是把枪紧紧地护在胸前。

大哥哥大姐姐看他一脸认真，就让吕其明把枪给他们轮番看一看。吕其明赶紧把枪装进枪匣子护起来。

所有的人都笑了，纷纷跟他开起了玩笑。

"指导员，您刚才说得不对，那是把小木枪！"

"对呀，只是一把小木枪，哪有手枪那么小的。那是哄孩子玩的！"

吕其明听了，从地上跳起来，气呼呼地跑了。

从那以后，佩枪的娃娃兵吕其明就出了名。

舞台上的小毛

剧团里的大哥哥大姐姐十分爱护小小的吕其明。他们教吕其明演戏、唱歌、跳舞、拉二胡。自打接触了乐器,吕其明就发现自己在音乐方面的感觉特别好。他最初的乐感,只凭着对音乐的直觉。

但就是这最初的直觉,使他爱上了音乐,并一发而不可收。不管是成熟的舞台乐曲还是大家临时为某个节目创作的曲子,都能让吕其明兴奋不已。那些高低起伏的旋律令他振奋,吕其明为自己能投入其中而感到荣幸。

剧团缺小演员,他几乎成了每个剧里不可替代的孩子角色。

到剧团不久,就开始排练《农村曲》,吕其明在第三幕中扮演逃难的小毛。没几天，吕其明就把戏里的唱段全都背下来了。

演出时，舞台上出现优美的山村小景：远远的山（是用桌子、凳子垒起，再盖上幕布、放上草皮装成的），门口是树、小溪和木桥，这便是《农村曲》中农民王大哥的家。王大哥勤劳耕种，安居乐业。突然日寇铁蹄踏来，王大哥已出嫁的妹妹凤姑一家遭到敌人残害，她夫死子亡，只身逃回娘家，哭诉日本侵略者的暴行。乡亲们面对即将到来的悲惨命运，提高了觉悟，纷纷拿起刀，当兵上前线，最后收复了失地，"胜利归来享安宁"。

正式演出开始了。

到第三幕，吕其明扮演的逃难小孩一出场，立即点燃了观众愤怒的情绪。大家的心都被这个孩子给揪住了。人们握紧了拳头，怒火在心中熊熊燃烧。

吕其明表演得自然、纯朴，他把自己跟随爸爸妈妈被敌人追捕时的感觉，把自己逃跑时极其艰难的状态，在舞台上真实地表现出来，他真切的表演让观众唏嘘不已。

有场演出让吕其明难以忘怀。

一九四〇年秋天，日寇的"扫荡"被粉碎后，剧团开进了一个大火燃烧着的村庄。这里刚刚经历了烧杀抢掠，到处是百姓的哀恸声。

同志们卸下背上的道具，冲入村中，开始帮助老乡灭火。衣服被烤煳了，脸被熏黑了，演员们根本顾不得这些，只要能给村民一点点力量，他们在所不辞。大火终于在大家的齐心协力下被扑灭了。

演员们累得倒在地上，刚要休息一下，只听一声令下，立即又投入演出。

他们找到村中心的一个高台子，马不停蹄地搭起一个舞台，在场地上布置灯光、道具，拿出乐器，拉开大幕，一场演出立即开始。

熏黑的脸上涂抹出最真实的油彩，烧破的衣服穿出了最贴切的感觉。

演出开始了，面对着和自己真实生活一样的剧情，台上台下，村民战士，泣不成声。

吕其明上场了，他把自己在敌人追杀下的惊吓与不知所措，以及对鬼子的满腔仇恨，都表演了出来。那神态、那感情，真真切切，让人爱怜又让人心痛。舞台上出现这样一个可怜的孩子，激起了人们心底的同情，更激发了他们抗击敌人的共鸣。

十岁的吕其明记住了导演给他分析小毛这个角色时说的话。他几乎都不用背诵那些台词，而是顺着自己的情绪把小毛真实的样子自然地表现了出来。艺术的真实和生活的真实缠绕在一起，分也分不开了。那一次，他把角色赋予自己的感觉淋漓尽致地呈现了出来。他自己都说不清楚，那在台上的孩子是自己还是角色。

观众沸腾了，他们握紧了拳头，恨不能冲上台去，和被欺凌的孩子站在一起，拿起枪冲向敌人。

演员们最后唱起了大合唱：

种子下地会发芽，
仇恨入心也生根。
不把敌人赶出境，
海水洗不清这心头恨！
……
打死一个算一个，
打死两个不亏本。

舞台上的小毛

一个当十十当百,
要活命的一齐向前进!
要活命的一齐向前进!

到最后,大合唱声已停不下来,村民们大声带着哭腔加入进来:

打死一个算一个,
打死两个不亏本。
一个当十十当百,
要活命的一齐向前进!
要活命的一齐向前进!

高亢激扬的歌声划破村庄的夜空,传向远方,如雷击如闪电,村民的心和新四军的心紧紧融在一起。

演出刚一结束,村里就有几个青年跳上舞台,坚决要求报名参军。

吕其明表演的小毛受到了剧团领导和全体演员的一致好评。

以至于多年之后,有一位叫章忆的大姐在一篇回忆当年演出《农村曲》的文章里还说:"当第三幕吕其明同志饰演的一个逃难的小孩上场时,群众的情绪更加激愤。当时他只有十岁左右,那可爱又可怜的形象,激起了群众极大的同情。"

在剧团,吕其明成了孩子角色当仁不让的饰演者。

但吕其明毕竟只有十岁,和大人相比更需要充足的睡眠。在残酷的战争时期,睡觉却是一种奢侈。吕其明的睡眠总是不够。行军途中,他走着走着就能睡着,弄得大家得不停地拖拉着他。吃饭的时候,他也能嘴里嚼着东西就打起了盹儿。要是有一个可以小憩的机会,他倒在地上就能睡过去。他成了团里的小"瞌睡虫"。

因为困,吕其明也有一次记忆特别深刻的演出。

经过一天行军,大家都很累。吕其明疲惫不堪、困意难耐。

晚上,终于赶到了宿营地,剧团全体人员一刻也没歇息,按照原来的安排,动手搭舞台拉幕布,演出《农村曲》。

演出正式开始了。到第三幕的时候,小毛上场前的前曲奏响了,该他登台了,但这时却不见吕其明出来。

团长和演员们面面相觑,不知道发生了什么事。他们急坏了,赶紧在舞台前后寻找。

上场曲拉了一遍又一遍,终于有人发现,吕其明在天幕前布景的"山"背后睡得正香,就赶紧跑过去,把他拉起来唤醒,让他赶紧上场。

吕其明这才醒过神来,迷迷糊糊就往台上跑,跟着伴奏唱歌词的时候才发现,他的嗓子已经沙哑了!

或许,小小的他还没从梦中完全醒来吧。

就这样,因为困,他给自己创造了一次"演出事故",也成了大家后来的笑谈。

因为《农村曲》富有浓烈的生活气息,具有强大的艺术感染力,成了剧团的保留节目,所以在那之后,凡有《农村曲》的演出,团长总要派一位同志守着吕其明,防止这个小"瞌睡虫"又不知倒在哪里睡着了。

爸爸来看演出

吕其明还记得爸爸来看他们演出的情景。

那是一九四三年二月的一天。新四军二师抗敌剧团在团山李演出。

他们在空地上堆了一个土台，竖起六根柱子，挂上了淡蓝色的幕布。台前挖出一个长方形的土坑做"乐池"，还挂了两盏明亮的汽灯。

观众很多，大家都在专注地看演出，这天演的是《农村曲》。

吕其明正在演出时，爸爸吕惠生来了，他和当地行政公署专员们一起，来看望新四军二师抗敌剧团。

当时，吕其明正在唱大合唱，他忽然发现观众不知为什么动了起来，有一群人走了进来。等他们坐下，吕其明发现，在这群人里，有自己的爸爸！

他兴奋得睁大了眼睛，差一点儿叫出声来。但是他马上克制住了自己，把目光收回来，继续演出。这一下，他唱得更卖力气了。他拼命地演着，好让爸爸看到舞台上的自己。

果然，他看到爸爸笑了，并指着他对旁边的叔叔小声说着什么。

他猜得出，那时爸爸一定在说："看，第二排第三个就是吕其明！"

等到演出结束，吕其明跑下台，高声地叫着爸爸，一下子投到爸爸怀中。

有多久没见到爸爸了？自打爸爸去到仪征县，自打和姐姐晓晴参军以来，这是他第一次见到亲爱的爸爸。

爸爸怜爱地摸着他的头，上上下下地打量，说他长大了、长高了。

他问爸爸，自己演得好不好？

爸爸哈哈大笑："小毛，你演得相当棒！"

他把爸爸的胳膊抱得更紧了，赖在爸爸的怀

里，久久舍不得离开。

艰苦的抗日战争时期，这样的父子见面，竟是那么难得和珍贵。

姐姐晓晴也跑过来了，她紧紧地抱住爸爸的另一条胳膊，向爸爸问这问那。

吕惠生看着晓晴和其明，也是一阵心酸涌上来。孩子们正是长身体的时候，别说保证营养了，在部队就是吃饱都是难得。再加上长期的随军奔波，两个孩子看上去面黄肌瘦。他不由得又心疼又自责。

他把两个孩子紧紧抱住，愿自己的体温和能量能传递给他们。

在那残酷的战争年代，谁能不被子弹和炮火危及生命？尤其是一双儿女在随军剧团，极有可能遭遇敌人，生与死，险与恶，随时与他们相伴。

想到这里，吕惠生把他们俩抱得更紧了。

作为皖中行政公署主任，吕惠生实在是太忙了。他这次带着公署的专员们来剧团，一方面是慰问，一方面是了解剧团面临的困难。

那时的剧团，脚踏风琴只有一架，风箱还漏

气，只有拼命踩才能弄出声音来。弹奏的人每一次演一场下来都累得不行；而且，演出前如果不检修，到演出时就常常踩不出动静。除此之外，还有一把二胡、一只笛子和一个口琴。

服装不够，道具不够，汽灯不够……

爸爸他们关心这些，是想给剧团临时做一点儿补贴，可更多的，还得靠剧团自己想办法克服。

吕其明知道，爸爸真的很累。爸爸既要让老百姓锅里有饭吃、身上有衣穿，又要让部队战士们肚子吃得饱、身上穿得暖，前方打胜仗、后方供得上。他还要花大力气抓生产、抓贸易、抓金融、抓教育。

确实，行政公署在根据地做的事情实在是太多了。他们要兴办被服厂、造纸厂、兵工厂、榨油厂，组织当地的能工巧匠，比如木匠、铁匠、瓦匠等专业人员，来促进生产保证供需。

为了皖中根据地，吕惠生真恨不得把自己当成几个人用。

吕其明看到，曾经年轻英俊的爸爸，面目消瘦了，黑黑的头发上，冒出了几根明显的白发。爸爸所做出的那些事情，吕其明却是以后才知道的。

这天晚上，爸爸和吕其明他们一起会餐。

吕其明永远忘不了，那一天，吃得像过年一样。

一个直径一米的大锅，炖着香喷喷的猪肉和粉条，美味无比。演员们不知多久没吃到这样的美食了，都开心得不得了，每个人都大饱口福。

告别的时间要到了，姐弟俩黏住爸爸，不愿撒开拉着他的手。

他们俩在参军初期，部队驻扎在半塔集的时候，还能时常回去看看妈妈，随着部队的不断转移，离家越来越远，他们也好久没回家了。

吕其明问爸爸："爸爸，什么时候能回家呀？妈妈和弟弟妹妹们好久没看到你了，一定很想你！"

吕惠生何尝不想找时间回家看看，他和家里的妻儿已经分别很久了。但是，哪里有这样的时间？他分身乏术，心里很愧疚。

"再等一段时间吧，等形势缓和一点儿，我处理好一些大事情，就回家。"他拍了拍两个孩子的肩膀，让他们放心。

姐姐却一直叮嘱爸爸："爸爸要注意身体，不能把自己累坏了！"又把反复说的一句话重复了一遍，"多加小心！"

姐姐毕竟稍大一点儿，她知道爸爸虽然是在根据地工作，但防范敌人一点儿也不能大意。在抗日根据地付出生命的革命同志太多了，她担心爸爸的安全。

爸爸深情地望着姐弟俩，然后挥手告别。

望着小时候与他们朝夕相伴的爸爸，想到现在竟不能在一起生活和战斗，姐弟俩悲伤不已，向爸爸挥手时，泪流满面。

谁能想到，这样短暂的相聚，竟越来越少了。

小演员，大名声

吕其明刚进剧团时，经常跑龙套、当配角。为了给主演们当好绿叶，他演得认真又投入，让自己的"绿"演得更"绿"，才能让主角的"红"更红。

剧团人手少，除了演好自己的一个角色，大家全都练成了多面手：上场能演戏，下场能干活儿；唱完歌就进乐队，拿起乐器就演奏。一人多技、一专多能，哪里有需要就上哪里，一个人顶几个人用。

吕其明虽然小，但一点儿也不落于人后。

剧团里的戏剧家刘保罗曾对吕其明说："其明，你天资不错。虽然人小，却学什么会什么。凡事你都要多学着点，现在用不上，但将来对你有用。知识一点儿一点儿积累,学问一天一天提高,抗敌剧团就是一所学校,只要你认真在这里学习,你就会成长为有用的人才。"

吕其明记住了刘保罗的话,耳濡目染,虚心好学,进步飞快。刘保罗特别喜欢他,还叮嘱妻子王云璋,其明的父母不在身边,要好好照顾这个小家伙的生活。

一九四三年春节,延安涌现了《拥军花鼓》《兄妹开荒》《南泥湾》等反映人民新生活、具有民族特色和浓郁地方风格的文艺作品,在人民群众中引起了强烈反响,受到热烈欢迎。延安文艺界率先学习毛泽东同志《在延安文艺座谈会上的讲话》,走出了一条与工农兵群众相结合的创作道路。

新四军二师抗敌剧团受到启发,团长黄飞丹在烽火硝烟中体验生活,创作了《送郎参军》,准备在剧团排练、演出。

剧中人物只有夫妻二人,并以民间熟悉的《小放牛》中对唱的形式来表现。

丈夫一角由陈涤担任,妻子一角由谁来担任呢?在剧团召开的会上,团长和导演的目光一起投向了吕其明。

吕其明惊呆了，他怎么也想不到，这个男扮女装的角色会落到自己头上。

剧团每个人都有自己的角色，也都有自己的任务，让他这个表演活泼、形象可爱的演员来男扮女装饰演"小媳妇"，是剧团领导安排给他的任务，体现了大家对他的信任，也是希望他能在角色饰演方面取得新的突破。

吕其明却气得脸色通红，跟领导差点吵起来。团长找他谈，还是想让他来演。吕其明决定软磨硬缠，让团长收回决定。

姐姐晓晴过来做弟弟的工作："其明，你不是跟姐姐说要入党吗？共产党员是随时要做好牺牲准备的，"姐姐点着他的脑门儿，"而演一个戏，宣传抗日，你都不愿干，还怎么实现自己的理想？"

吕其明不吭声，姐姐的话戳到了他的心窝子上。

王云璋大姐也走了过来，她将吕其明拉到一旁，语重心长地对他讲："其明，咱们做演员的，演一个角色就是一次收获，就是一次锻炼。这个角色有挑战性，体现了组织对你的信任，更是对你的一次考验。"她拍了拍吕其明的肩膀，和风细雨地说："你先接下来，看看演得像不像，要是演得不像，那就再说。咱们呀，对待工作，首先态度要端正！"

吕其明想了又想，忽然开了窍，不就是演一个"小媳妇"吗？有什么可害羞的！革命工作，需要的时候就要冲上去。这就好比上前线，冲锋号已吹响，作为一个战士，除了消灭敌人，别无选择！

想通了，他便痛痛快快地接下了这个任务。

吕其明借来姐姐的镜子照照自己，圆圆的小脸蛋由于涨红变得粉嫩，看上去又俊又美。他又学着角色的样子，柔声细语地说话。他看着自己的样子，一下子没忍住，笑出声来。别说，还真是挺像！

接下来，他按时排练，穿上花衣裳，戴上假辫子，背好了台词，记好了唱腔，走上了舞台。

他和陈涤两人在舞台上演起了夫妻，唱腔用的是《小放牛》的曲调：

送呀才郎，

送到军营旁，

尊一声小英雄听我来言，

家中的事儿你别挂心上，

军号响，上战场，

杀退鬼子兵咿呀呀呼嗨……

吕其明一上场，把一个美丽、善良、娇憨的小媳妇演得活泼可爱，要是没人说，根本看不出是一个男生扮演的。那娇羞的表情，那略显妩媚的神态，再加上指若兰花、面如敷粉，形神兼备，台下的观众忍不住发出一阵叫好声！

就这样，这出《送郎参军》前前后后演了几十场，小小的吕其明，却有了大大的名声。

机灵鬼屡立奇功

战斗越来越激烈，演员们走上舞台可以演戏，下了舞台就是一名普通战士。给他们一个舞台，他们就是一个好演员；给他们一把枪，他们就能向敌人射出子弹。

他们在台下还充当着宣传员、卫生员、担架员、护理员、话务员、通讯员。枪炮声一响，他们扎好腰带，随时准备冲向战场。

战争是如此残酷，吕其明的许多战友都为此付出了年轻的生命。

能够活下来，就是胜利；活下来，用自己舞台上的形象去鼓舞人民，去继续战斗。

吕其明参与了很多节目，尽管都是小角色，可他仍将所有的激情都投入进去。

演《五世同堂》，他在里面戏不多，却演得活灵活现。

演《最后的命令》，他虽然只演个小人物，但没有小人物的陪衬，哪能显出英雄人物的高大？

演《立煌之夜》，他在里面跑龙套，也跑出了自己的精彩。

每一部剧，都从吕其明的艺术生命里或深或浅地走过，在他的身心打下了一个革命者的坚定烙印。这些经历，注定会给一个未来的音乐家带来不同寻常的感悟，而那些从心中飞出的音符，一定带着烈火般燃烧的情感。

吕其明除了登台演出，还会利用自己的优势发挥一个孩子的独特作用。

有一次，剧团接到任务，要到一个村庄里贴抗战标语。吕其明因为年龄小，脱下军装，随便走到哪儿，都不容易引起敌人的怀疑。

当时，敌人的小分队不在村庄里。团长让吕其明和一个比他大点的演员负责在村口瞭望。如果发现敌人从远处回来，就立即向团里发出信号，其余的同志则负责将事先写好的标语张贴在大街小巷。

吕其明和这位大哥哥穿好便装，招呼来一群本村的孩子，一起在村口玩起骑大马的游戏。吕其明骑在大哥哥的背上，一边大声喊叫着在一群孩子中冲杀，一边在高处向村外张望，直到剧团的同志在村里把标语全部张贴完毕。

吕其明早就想好了发现敌人时向团里报告的手势。他告诉团里，只要他举起胳膊在头上拼命地交叉，那就表示敌人回来了，大家就迅速撤离。

而他，会隐藏在孩子群里，谁也不会注意到他。还好，这次敌人没赶回来。

但有一次，吕其明却和敌人正面交锋了。

这回部队要进入一个比较大的村庄。这个村庄是交通要道，有日寇带着伪军守备，戒备森严。

游击队要攻下这个村庄，但对村里的地形并不熟悉。上级要求进攻的时间快到了。为了摸清地形，游击队队长来到剧团，借吕其明和另外两个大孩子一用，让他们穿便装，以孩子的身份混进村

中华先锋人物故事汇　吕其明

庄，侦察一下地形，再绘出一张地图来。

吕其明和另两位稍大的战士二话没说，立刻答应下来。他们知道这很危险，但没有人比他们更适合做这件事。况且，多次完成类似的任务，吕其明觉得自己已经是很有经验的"老侦察员"了。

他们进村子，找到一群孩子，玩起了抓人游戏。他们互相追打、大喊大叫，敌人看到一群大大小小的孩子在玩耍，都没当回事，骂了几声，就任由他们去了。

他们在村子里连呼带叫地奔跑。吕其明看到了村中有戏台、有大泥坑，记下哪个地方有残破的房屋、哪个地方有高大的院墙。

当他看到有一个端枪的敌军在一个大院前站岗时，就灵机一动冲了过去，假装想躲进里边玩捉迷藏。敌人立刻拿枪对准了他，他吓得赶紧跑走了。他知道这个地方应该就是敌人的老窝了，心里暗暗记了下来。

他们跑遍了村前村后，趁着渐暗的天色，呼喊着小伙伴回家吃饭，赶紧跑出了村子，往村后驻扎在树林的队伍里跑。

吕其明的心怦怦跳，不时地回头望，直到确认没有敌人跟上来才放心。

小机灵鬼们相继跑回了大本营，游击队队员和剧团演员们看到他们，所有悬着的心才放了下来。

他们一边向队长汇报，一边用笔迅速地绘出一张地图，把哪里是敌人的据点、哪里有什么掩体、哪里有什么路障，都一一标了出来。

那一次，新四军连夜作战，端掉了敌人的据点，打了一次大胜仗。

吕其明和小战友们高兴得连蹦带跳。这次，他们真的是立下了大功，立下了奇功。

比起舞台上的演出，扮成普通百姓侦察敌情在某种意义上也是一种表演，但这是冒着生命危险的表演，吕其明用自己的机灵和胆识就这样无数次地经受住了考验。

与英雄为伍

吕其明所在的二师，师长是罗炳辉，就是那位他小时候特别崇拜的英雄。

小时候罗师长去吕其明家里时，他们就认识了。到了部队，他们成了好朋友。

有一次急行军，吕其明迈的步子小，一直走在队伍最后面，有两位大哥哥拽着他。

这时，一匹高头大马"嘚嘚嘚"地跑过来，马背上坐着罗师长。

他从马背上跳下来，一把把吕其明抱到马背上，自己却牵着马走路。

剧团的好多大哥哥、大姐姐都惊讶不已：为什么每次罗师长见到吕其明都下马，亲热得不得了？

毕竟吕其明是队伍里最小的战士。

毕竟他和罗师长的友谊在他幼年时就结下了。

有一次，抗敌剧团排练《一个打十个》，最主要的道具是步枪。有人说，要不去师部借两把步枪吧，这样演出效果才会更真实。要是师长批准，或许能借来。

一位叫冻雨的大姐，去师部前找到了吕其明："小吕，你和罗师长很熟，我们一起去吧！"

吕其明很高兴地答应了，他也很久没见到罗师长了，很想念他。

来到师部驻地，其明真想一下子冲进罗师长的房间，太想他了！警卫员拦住了他的脚步，示意他们别出声，正是中午，罗师长太累，正在休息。

"怎么回事？"没料到师长听到了动静，洪亮的声音传了出来。

吕其明有点忐忑，他大声报告："报告师长，我是小吕！"

"原来是小吕，好久不见啊，小家伙！"罗师长让他们进屋，"小吕可是咱们抗敌剧团的'小大人'。快进来！"

冻雨大姐领着吕其明走进屋里。吕其明急忙道歉："对不起，我把师长吵醒了。"

"没关系，我呀，说睡就睡，说醒就醒，"罗师长哈哈笑起来，"我这个本事呀，得感谢敌人，都是在战场上练出来的！"他拍了拍吕其明说道，"有事来找我？什么事，说吧，老朋友！"

吕其明开始还有点紧张，一听到师长这么说，马上放松下来。冻雨大姐说明了来意，师长让警卫员打电话告诉参谋来落实这件事。

一会儿工夫，参谋就送过来两把三八式步枪。这可是两个真家伙，枪身锃亮，枪管黝黑。罗师长告诉他们，这是在战场上缴获的。

"什么时候演出呀？演出的时候告诉我，我去看！"罗师长拍拍扛起枪的吕其明，"以后有什么困难就来找我！"

吕其明他们圆满地完成了借枪任务。

演出的时候，罗师长果然来了。他坐在观众中间，一边看一边鼓掌，看到精彩处，不停地叫好。

与罗师长见面的机会不多，每次见面的时间也不长，但吕其明却永记心中。

罗师长有时见到吕其明，看他身材纤细，面黄肌瘦，明显缺乏营养，就把他叫到自己家中，给他做好吃的。

这种"小灶"带来的温暖让成长中的小小少年终生难忘。

有一次饭后，罗师长拿出一个小东西，在手里掂了又掂，又用手巾擦了又擦，然后递给吕其明："这是我一直带在身边的玉猴子，就送给你，做个纪念吧。"

吕其明赶忙接过来。这个玉猴子晶莹剔透，样子特别可爱，他拿在手里，欢喜得差点跳起来。

从此，他一直把这个玉猴子带在身边，只要有时间就拿出来看看，爱不释手。他觉得这个礼物太珍贵了，就像师长好朋友的一颗心一样。

可是毕竟大多数时候，吕其明都在前线后方奔波，他怕自己一不小心，在行军打仗时把这个"宝物"弄丢了。他想了又想，还是决定把玉猴子带回家。他特别郑重地把玉猴子交给了妈妈，请她为自己保管好。

不幸的是，后来父母被捕，玉猴子也被敌人抢去了。

那时的他不知道,那只玉猴子是罗师长留给他的唯一遗物。

他更不知道,罗师长在生命的最后,经历了怎样的艰难。

一九四五年,抗日战争大反攻开始了。

罗炳辉这时已经身患重病,但他坚持上前线,他带的队伍只有他亲自指挥才放心。

一场接一场的战斗,一场比一场难打。罗炳辉都挺下来了,苏皖边界的六合、定远、嘉山、天山等城镇,就在他和他的部队顽强的攻击下,一个个获得了解放。

后来,罗炳辉担任新四军第二纵队司令员,他率领部队赶赴鲁南,参加界河伏击战,夺取韩庄,粉碎了国民党军队沿津浦铁路北上、进犯解放区的企图。他挺着虚弱的病体,下决心不打败敌人决不下战场。

一个真正的英雄,是一座挺拔的山峰,决不会轻易地倒下。罗炳辉让自己生命的热火,燃到了与敌人战斗的最后一刻。

一九四六年四月,罗炳辉任新四军第二副军长兼山东军区第二副司令员。六月,在国民党军队发动全面内战前夕,他到枣庄前线指挥作战。六月二十一日在返回临沂的途中突然病情恶化,不幸逝世。

吕其明得知这个消息后,痛不欲生。

罗炳辉,他童年的朋友、亲爱的战友、敬爱的师长,就这样,牺牲在了前线。

小小乐痴

说心里话，在剧团，吕其明最热爱的不是唱歌、跳舞、演戏，而是摆弄乐器。

剧团乐队的那把二胡，最让吕其明迷恋。没有演出任务的时候，他总是想方设法鼓捣两下二胡。

而那最初的吱咕吱咕声，在他听来，却是走上音乐圣殿的序曲。

剧团音乐老师手把手教给他二胡演奏技巧。怪的是，他几乎手一碰琴弦，就能拉得很像样子。音乐老师也很惊讶，打趣地说道："你的乐感这么好，将来会成为一个作曲家的。"

吕其明听了，心一热。这句话说到了他的心尖上。

兴趣是最好的老师,这句话在吕其明身上得到了验证。他迷恋上乐器,并时刻想着,要是自己能写出人人都能唱的歌该有多好啊!

于是,他加强自己的文化修养,不管怎样奔波劳累,都不忘学习,并随时用笔记下自己的感想。

其实,吕其明之所以有这样的音乐创作冲动,与他小时候的生长环境不无关系。

他的老家安徽无为,有许多诸如号子、山歌、小调之类的民谣,他从小就在民间音乐中得到熏陶。

长江水从无为县城南部流过,那里有一个小码头,每每有船夫拉货走过,常常传出一阵阵号子声。那种号子声,有节奏、有律动,有时还伴有高亢的歌声。吕其明常常趴在江堤上,听着歌声发呆。那号子,那江水,让吕其明无论什么时候想起来都觉得心潮澎湃。

"鱼米之乡"无为并不大,城外有很多种稻米的农户,那稻花的芬芳和农民丰收的喜悦,总是在每年的秋天如期而至。而在那收获季节从城外传来的农民打场的歌声,一阵一阵,从白天唱到深夜。

对歌、小戏、民间小调，无不在小城流转，吕其明被迷得团团转。

吕其明的爸爸、妈妈都接受过艺术教育，他们常把最丰富、最高尚的音乐分享给孩子们。妈妈轻吟的摇篮曲、爸爸唱诵的地方民谣，无不装进小其明的心里，无不渗透进他的血液里。

可以说，爸爸、妈妈是吕其明的第一任音乐老师，对他日后走上音乐之路起到了重要的作用。

心中有音乐的人，哪怕是一个小小的音乐之芽，也会时常感受到抑制不住的激动。

有一次联欢会要开始之前，吕其明躲到一旁眉头紧锁、苦思冥想，手里拿着一支笔，一会儿往本子上写几笔。

指导员走了过来，发现他的本子上写满了歪歪扭扭的音符。

"哟，小吕，不简单啊。"指导员懂乐谱，他拿过吕其明的小本子哼唱了起来，顿时吃了一惊。

指导员拍拍他的肩膀："写得不错嘛！好好写，将来要成为咱们的战地音乐家哟！"吕其明听后，一下子脸红了。

"过几天，要有一位音乐家来我们剧团，你可以向他请教。"

"谁要来？"吕其明一听，心跳加快，语速加快，赶紧问道。

"贺绿汀教授。"

十一岁的吕其明一听到贺绿汀的名字，高兴得差点跳起来。

"我知道贺教授！爸爸早就跟我说过，贺教授是一个非常了不起的人！"吕其明的脑子里立即回忆起爸爸跟他说过的贺绿汀和他的音乐。

"你爸爸熟悉他？"指导员问。

"爸爸读书的时候就喜欢音乐，他说他们唱过贺教授的歌。我爸爸跟我说，贺绿汀也是个抗日英雄！"

贺绿汀和同伴写下了《全面抗战》《上战场》《弟兄们拉起手来》等抗日救亡歌曲，鼓舞了人民大众。当时，贺绿汀是抗日救亡演剧队的作曲和指挥。为激发人民的抗日斗志，他们常在战火硝烟中演出，观众受到了极大的感染。

当然，吕其明最熟悉的，也是听爸爸说得最多的，是贺绿汀的那首《游击队歌》。爸爸给他讲过贺绿汀写这首歌时的情景。有一次，贺绿汀和剧团正在演出，敌机过来了，他们赶紧躲到防空洞里。防空洞外扫射声一阵紧似一阵，"嗒嗒嗒，嗒嗒嗒"的机枪声响个不停，这一切都深深地印在贺绿汀的脑子里挥之不去。就着这个声音和节奏，贺绿汀写出了一首游击队在枪林弹雨中前进的旋律：

我们都是神枪手，
每一颗子弹消灭一个敌人，
我们都是飞行军，
哪怕那山高水又深……

著名的《游击队歌》，就这样深深地植入吕其明的心中。

贺绿汀到了剧团

一九四二年春末,剧团所在的村子各种山花开满了山坡。一条铺满野花的小路尽头一个人骑马而来。

通讯员跑了过来:"报告指导员,团部通知,贺绿汀教授来了!"

指导员高兴极了:"好,说来就来了!"

当时贺绿汀准备从二师根据地辗转去延安。因为这段时期道路交通比较困难,组织上考虑他的安全,决定让他在淮南抗日根据地短暂停留。于是,他就到了抗敌剧团来指导工作。

在这里,音乐家贺绿汀见到了吕其明,他为一位未来的音乐家点起了一盏明灯;在这里,吕其明遇见了贺绿汀，他在音乐大师身上见到了音乐圣殿的光芒。

欢呼的人群里，吕其明喊的声音最大，跳得最高。这个身材瘦弱、营养不良的小男孩，又要迎来一位生命中的重要人物。

高头大马走近了，吕其明看到，马背上骑着一位文质彬彬的人。他的身形清瘦、目光炯炯，气质不凡。他的身边挎着一个琴盒，吕其明猜那是一把小提琴。

团里的领导站在高处，对大家说："同志们，大家知道吗？这位就是大名鼎鼎的音乐家贺绿汀教授。他从上海来到我们剧团，为我们做音乐指导工作，这是我们的幸运和光荣啊！"

掌声响起来，贺绿汀教授谦虚地向大家摆摆手。

团部特别珍惜这次机会，每天抽出半天时间请贺教授帮助大家学习音乐。

贺绿汀在剧团教学音乐的日子开始了。

吕其明每天都如饥似渴地听贺教授的音乐课，像海绵吸水一样学习着基础的音乐知识。对他来讲，那不是普通的音乐基础知识，那是一位音乐大师结合自己创作实践讲解的音乐，是科学的，也是充满感情的，更是充满直觉的，每节课他都觉得自己收获特别多。

贺绿汀的名气很大，由他指挥出来的大合唱充满了革命的、战斗的激情。他把自己正在创作的新曲《一九四二年前奏曲》拿出来，带大家排练演唱。这首曲子气势大、难度也大，但这也让剧团的同志们见识了好乐曲的样子，大开眼界。

最让吕其明他们难忘的是，贺绿汀带大家排练《游击队歌》的大合唱。这是一部四声部的合唱，每一部都有自己的旋律，所有的和声都为了突出那个激昂澎湃的主旋律。大家唱起来情绪特别饱满，更加深刻地理解了这个作品。吕其明一直到现在还能记得那些旋律，四个声部全部记得。他一张嘴就能把每一个声部都唱出来，一个音不落下。

体验着大师的作品，体验着那些发自音乐家心底的旋律，体验着那每一个音符饱含的激情，吕其明的音乐感知能力被召唤出来。

在歌声中他理解了那些音符美妙的原因；在起

伏的乐音中，他探听到了一位大音乐家的心灵密码。他的心每时每刻都跟着贺教授的音乐飞翔，有时，竟像做梦一样。

也就是从那几天起，吕其明的音乐家梦想真正开始了。

他忘记了吃饭，忘记了睡觉，满脑子全是音符。小小的他在想，那些小家伙，只要为它们安排好合适的位置，找个好邻居，固定好音的长短，美妙的乐曲就会诞生了。

没有痴迷就没有艺术，没有执着就没有艺术家。这一点，吕其明在还是一个小小的少年时，就深深地体会到了。

树林传来小提琴声

一个让吕其明终生难忘的夜晚到来了。

那是一个夏夜,荷花初开,明月当空。一切都那么芬芳,一切都那么幽静。

吕其明正在整理自己的音乐笔记,回味白天那些奔跑的音符。忽然,一阵悠扬的琴声传到了他的耳中。吕其明的心一下子被抓住了。

是琴声,小提琴声!

他循着声音跑出去,方向在村头,位置在树下。他越跑越近,终于证实了自己心中的猜测,没错,是贺教授!只见贺教授倚着一棵大树,专心致志地在拉小提琴。

他们在练合唱时,贺教授就拉过小提琴,剧团的演员们都听呆了。他们从来没有听到过这么好听的曲子，也从来没有看到过有人当面拉小提琴。

吕其明记得有一次联欢，贺教授拉了一首他自己作曲的《牧童短笛》，这首结合了西洋复调音乐的中国风乐曲，引起了观众们热烈的反响，他自己也深受感染。他仿佛在音乐中看到了一个活泼可爱的小牧童骑在牛背上的样子，也深深地为音乐里的中国元素所折服。因此，他更崇拜贺教授了。

现在，他听到贺教授的小提琴声，看到月光下贺教授专注拉琴的身影后，更觉得着迷了。

他蹑手蹑脚地走过去，在离贺教授不远的地方停了下来。他一点儿动静都不敢出，怕惊动了贺教授那美妙的琴声。

小提琴悠扬地响着，在这初夏美丽的夜晚，这个男孩完全沉醉了。

贺教授拉完一曲贝多芬的《小步舞曲》，发现不远处站着一个小战士。贺教授一下子喜欢上了这个对音乐如此着迷的孩子。于是问道："小战士，你叫什么名字？"

"报告！"吕其明急忙双脚立定，敬了一个规

树林传来小提琴声

规矩矩的军礼,"我叫吕其明。"

贺教授看他可爱的样子,笑了。

吕其明的眼睛一直盯着贺教授手里的小提琴。他忍不住伸出手去摸了一下。

"是不是喜欢小提琴呀?"贺教授问。

吕其明使劲点点头。他的手指碰到了那张弓,那是能将四根弦触碰出美妙乐曲的一张弓,也是能够在弦上自由跳动的一张弓。

贺教授摸着他的头说:"你这个年纪,正是学琴的好时候。让你爸爸给你买一把吧。"

吕其明不知道说什么好。他知道,这个愿望在这么艰难的时候很难实现,但心里又充满了渴望。

三个月后,贺教授去了延安。

贺教授留给吕其明的音乐启蒙课,成就了他一辈子。

那个夜晚,那把小提琴,那首曲子,成了他魂牵梦萦的记忆,深深地影响了他,深深地影响了他的音乐。

洪泽湖遇险

    风平浪静的洪泽湖像张开的怀抱，温柔地把人抱在怀里。

    惊涛骇浪的洪泽湖像一个巨大的怪兽，张开大口就能把人吞掉。

    吕其明见证过这个湖的两种样子。

    提起洪泽湖，他总是忘不了那个传说。

    洪泽湖位于江苏省西部，湖面宽阔。天晴的时候，湖水映着蓝天，像一块巨大的蓝缎子。湖里的鱼、虾、蟹之所以特别好吃，还有个美丽的传说。洪泽湖的南岸有一座老山，据说太上老君在那里炼丹。有一天，太上老君正要把炼好的丹药装进葫芦里，孙悟空来了，伸手就要抢老君的仙丹。老君一生气用手杖一下子就把装丹药的葫芦打破了。孙悟空赶快伸手去抢,可只抢到了几粒,更多的丹药滚落到了洪泽湖里。鱼、虾、蟹看见了冲上湖面,争抢着把仙丹吞了下去。从此,它们不但有了仙气,还变得特别美味。

洪泽湖因为传说更多了一份神秘的色彩。

吕其明刚参加新四军的时候跟着抗敌剧团来过洪泽湖。他还记得,一位大姐像抱小不点孩子一样把他抱到了船上。

剧团坐着船过洪泽湖去演出,他在船上站不稳,东摇西晃,吓得不行,却把大家逗得大笑不已。

更小的时候,爸爸曾给他讲起过洪泽湖,说洪泽湖如诗,如画,如音乐。爸爸讲的时候还哼起了一首歌谣:

浪花俏,荷花娇,

渔歌唱得月儿摇……

歌谣伴着爸爸的声音流进吕其明的心里。他对洪泽湖向往不已，爱得不得了。

不过，那个夜晚，洪泽湖也露出了它的狰狞。

那天傍晚，夕阳还未完全落下，一只大鸟从天空飞了过去。忽然，军号响了，演员们顾不得吃饭，背起背包赶紧集合。原来，新四军抗敌剧团接到了紧急命令，他们要立即从洪泽湖边的驻地出发，越过洪泽湖，完成紧张的巡回演出任务。

剧团人多，一共乘坐了七艘船。这些船和别的船不一样，每个船头都竖着一块大钢板，大钢板中间有两个圆孔，机枪管架在孔里可以发射。作战时，钢板能当成掩体，挡住敌人射过来的子弹。

吕其明他们坐上了船，不敢喧哗，更不敢亮灯，怕被敌人发现。当时，敌军部队在湖边有守兵，一旦开火，后果不堪设想。

天渐渐黑了，小船向西，破浪航行。

船穿过洪泽湖，水变得越来越深了。在深水中，风也不大，浪也很小，船变得平稳多了。

吕其明躺在船头，望着天上的星星，随着摇篮似的小船，晃晃悠悠，困劲儿一下子涌上来……不知不觉，他进入了梦乡。

湖上的风雨说来就来。

忽然天空扯了几道闪电，一声巨雷响过，大风席卷而来。还没等大家回过神来，暴雨骤然而降，大雨点噼里啪啦疯狂地打在小船上。风大起来了，水面波动起来了，小船开始剧烈地摇晃，人们开始往船中央聚集。

睡梦中的吕其明还没完全醒过来，就被大雨拍在了船头。左一晃，右一晃，他根本控制不了自己的身体。他慌乱地想抓住船舷，或者其他能抓到手里的东西，但四周空无一物，除了狂风暴雨和拍上船头的巨浪，他什么也抓不到。

那时的他，吓哭了，眼泪混着雨水，满脸都是。这么小的孩子，哪经历过这种阵势，他只能无力地挣扎，听天由命。

又一阵大浪拍上船头，吕其明被掀到了水里。

当时，大家都乱了，再加上雨雾中都睁不开眼睛，没有人发现吕其明不见了。

水面上，别的船靠了过来。部队首长传来命令，把几艘船拴在一起，好抵御风浪。

等到拴好船，大家清点人员时才发现，吕其明不见了。

"小吕！小吕！"

"小吕在哪里？"

"吕其明不见啦！"

大家你一声、我一声焦急地呼喊着，寻找着。风声雨声巨浪声，一声高过一声。

船头、船尾、舱内、舱外，上上下下，里里外外，大家找了个遍。

有人说看见小吕刚才在船头背台词。还有人说看见小吕躺在船头睡着了。这么一说，大家的心都一沉，莫不是他在睡着时，被巨浪从船头上卷走了？

风雨交加，夜色更加漆黑，伸手不见五指。

有人喊道："快把马灯打开，找找吧！"

可是，灯光被敌人发现怎么办？

要是被风浪卷走，船已前行，那个小小的孩子还不得喂鱼啦？想到这里，有的演员忍不住哭出声来。

雨小了点，几个水性好的同志跳到水里，他们决定在船外部的船头船尾再摸一遍。

这个决定救了吕其明一条命。

当一位同志摸到船尾的时候,发现了吕其明。缆绳那里有悬起的锚,只见吕其明蜷着身子,一手抓着缆绳,一手抱着一条活蹦乱跳的大鱼!

找到他的同志哭笑不得:"大家都快急死了,你还有心思在水里摸鱼!"

好在吕其明毫发未伤。

几位大姐姐点着他的头说:"我们还以为你喂了鱼呢!""你呀,大难不死,必有后福!"

吕其明清楚地记得自己被大浪拍到水里的那一瞬间。他一头从船头落到了湖水中,身子眼见着往下沉。灌了几口水后,他连扑带打,用手和脚本能地寻找可能碰到的东西。慢慢地,他憋住一口气,身子浮了上来,刚浮到水面,一个大浪又掀了过来,就这样,上上下下,随波逐流。就在他马上要支撑不住时,他的手抓到了一根缆绳。

这是船尾的缆绳,也是他的救命绳。他顺势抓住,用尽最后一点儿力气,爬到了锚上。刚爬到锚上,一条大鱼被浪掀起来,扑打在他怀中,他顺势一抓，大鱼成了他的战利品。缓过神来的吕其明，咧着嘴笑了。

他觉得自己应该感谢长江。在江边长大的他，从小就会在江边扑腾水，早就学会了游泳。如果不会水，他恐怕难以闯过今天这一关了。

第二天，雨停了，剧团到了湖的对岸，队伍也将敌人彻底甩掉了。

吕其明却对这段生死经历终生难忘。

那天早上，湿漉漉的吕其明坐在船头，湖上升起了旭日。当金色的光照在湖面，小小的他长长地舒了一口气。

洪泽湖水变得异常宁静，仿佛昨夜什么也没发生过。

他永远忘不了，那初升的旭日，那平静的湖水，那患难与共的战友。

山洞里七天七夜

回忆起一九四三年初春那段七天七夜的生死经历，吕其明至今还唏嘘不已。

雪未完全化，天还依然寒，剧团突然接到命令，准备"反扫荡"，情况危急，必须马上行动。

已是傍晚，黑云压得人喘不过气来。大家集合起来，紧急向银屏山方向转移。

还没等出发，大暴雨从天而降，将部队截在了驻地。前方传来命令，不要耽搁，马上出发。地上已被雨水覆盖，大家深一脚浅一脚地向前迈进。

奔波了一夜，第二天清晨，部队还是遭遇了敌人，打了一场生死之战。战斗越来越激烈，枪声越来越近，敌机也越来越多。吕其明他们得到上级的通知，他们已被敌人包围了。

师领导下令紧急突围，要在警卫团的掩护下杀出一条血路，保证师部突出重围，并让老弱妇孺组成小组，迅速下山，就地分散。接到了命令，大家开始向山下迂回。

姐姐晓晴冲到其明跟前拉起他，跟随着管荫深和其他五六个人，由谢发茂带队，向山下跑。

银屏山山势险峻，化整为零，将队伍分散开，危险就会降低。

他们快到山下的时候，发现一个小村落，数了数房子，也就十来户，他们猜，这一定是当地的农户了。

吕其明他们躲在树林里，犹豫了很久。

为了保护百姓，新四军部队早就对自己的战士提出三条规定：在非常时期，一不进村庄，二不住民房，三不吃民食。

吕其明他们将这些规定早就背得烂熟。

但是，好不容易突围出来的他们，不能带着受伤的同志待在山中等死。他们要寻求老乡的帮助。不管怎样，先下山。

他们发现一个老乡正在地里刨地瓜。

谢发茂示意大家先不要出声,他拉着吕其明向老乡走去。

老乡打量着眼前的两个人,又上上下下瞧着吕其明。

"大伯,不瞒您说,我们是新四军。刚刚大部队在和敌人打仗,我们和部队走散了,想找个地方避避险,您能帮帮我们吗?"

老乡虽然没有见过新四军,但他听说过这支队伍,知道这支队伍专门打坏人,保护老百姓。他不再说什么,领着他们俩走到一个猪圈旁,指了指。

"在这里吧,这里僻静。"他向四周看了看,没有人发现他们。

吕其明他们打听到大伯姓于,谢过之后赶紧跳进了猪圈,躲了起来。

吕其明等于大伯走了,悄悄走出来,找到姐姐他们几个,一起跑到这里躲起来。

傍晚的时候,又下起了雨,于大伯又来了。"不行啊,你们躲在这里不安全,不如到山上去吧。"说着,伸手指向了南面的一座小山,"那里有一个山洞，没有人去，应该安全。"

趁着天黑，他们爬到了山上，找到了那个山洞。山洞旁杂草丛生，把山洞掩藏了起来，还真不容易被发现。

山洞里黑得伸手不见五指，到处都是石头、杂草和野兽的粪便，既潮湿又阴暗。

但不管怎么说，他们终于找到了一个临时的栖身之处。

等到白天来临，他们也不敢出去。

前三天还好，他们吃点自己带的干粮，喝点山洞里滴下来的水，勉强挺着。但过了三天，就真的不行了。

第四天，村里传来了枪声。他们知道，一定是敌人来了。

第四天的傍晚，天还在下雨，趁着雨声，谢发茂、管荫深和吕其明摸黑来到了于大伯家。

于大伯一见到他们就惊慌失措，生怕被敌人发现。

谢发茂说："于大伯，我们在山上实在挺不住了，什么吃的也没有，您还有没有啥能让我们吃一口填肚子。"

管荫深把自己的皮大衣脱了下来，递给于大伯："我们也没有什么能给您的，这衣服您留下吧。"

于大伯说："你们自己找吧，有什么能吃的就拿走吧。"

他们在于大伯家的米罐子里找到了几块干锅巴，那是救命的食物啊。

回到山洞，他们只好继续等待。

山洞面积只有四五平方米，高度不到一米，大人都站不直身子，只有吕其明勉强能站一下。日不见日，夜不见月，他们躲在洞里，听着山下的动静。

大家都变得有些悲观焦虑，不知道什么时候能出去。

当大人们郁郁寡欢感觉看不到希望的时候，只有吕其明不停地说呀，笑呀，唱呀，逗大家开心。他讲自己家的经历，讲吕家巷，讲爷爷的胡子，讲和乡亲一起收稻米的故事，讲他和小伙伴骑牛、抓鱼、打水仗的趣事。他还讲起长江，讲起长江里的渔夫，讲起他曾看到了渔夫抓鱼的情景。这些有的是他见到过的，有的是他编的。

他何尝不觉得山洞里度日如年难以支撑？他何尝不想早点结束这样暗无天日的日子？但他告诉自己，不能让同志们消沉下去。

那是刻骨铭心的七天七夜。

第八天的早上，天晴了。

他们发现村子里平静了下来，公鸡啼鸣，狗儿轻吠。他们有一种直觉，或许安全了。

是的，真的安全了。

他们伏在山洞旁的杂草里，看见一个人背着一个大口袋向山上走来。走近了他们才看清，那是于大伯。

吕其明第一个跑了上去，谢发茂也跟了过去。

"于大伯！"他们像见到了救星一样，"村里没事了吧？"

"没事了。"于大伯说，"我给你们送吃的来了，饿坏了吧？"于大伯想着这七天七夜，难为他们了。

吕其明一听有吃的，迫不及待地打开口袋。口袋里有烤地瓜和玉米粑。他的口水都快流下来了，抓起一块玉米粑就往嘴里塞。

那是他年少的生命中最好吃的一顿饭，这顿饭使他和战友们终于从生死线上挺了过来。

他们这才知道，在他们躲在山洞的七天七夜里，敌人来过两次，每次都对村子展开大搜查，又抢又夺又烧，把村子折腾得鸡犬不宁。

"他们问我们，看见新四军没有？"于大伯说，"我们都说没有。"接着又说，"我们哪能说有呢？要是说有，他们就会上山把你们抓走的。"

"是的，是的。"大家赶紧说，"真的太感谢您了，也太感谢乡亲们了！"

大家的眼睛都湿润了，有的背过身去擦眼泪。

于大伯又说："你们呀，命好！这老天呀，硬是下了七天七夜雨。要是晴天，那些坏人肯定上来搜山。老天保佑。"

管荫深说："是您和乡亲们救了我们的命，你们是我们的再生父母啊！"

吕其明大口大口地吃着，听着于大伯说的话，有好几次，他的眼里都涌上泪水。

他们离开的时候,太阳升高了。

吕其明回过头去,望向这个给他第二次生命的村庄。

山脚下,那几户零零散散的小房子炊烟袅袅。牛羊打着响鼻,鸟儿在枝头欢唱。

这是劫掠过后的山野村庄。

这是一派祥和静谧的山野村庄。

这是住着善良群众的山野村庄。

如果没有战争,这是多美的一幅山野乡居图啊!

这幅画面,刀劈斧刻般印在了吕其明的脑海里。

新四军遇到了八路军

一九四四年,部队撤到了山东,吕其明他们剧团的演出一直在进行。

部队白天作战,晚上看演出,演出的时候就不能没有照明。

灯没了,派人去上海买。可灯上的纱罩也眼看用光了,大家都急坏了。八路军山东军区文工团马上就要到这边来和他们一起联合演出。团里决定派吕其明去联系山东军区文工团,顺便再向他们借一些纱罩。

这是吕其明第一次一个人执行任务,他的心里充满了忐忑,也充满了自豪。他换上便衣,揣好自己的小手枪,暗自下定决心:即使只有自己一名战士，遇到困难也决不退缩。

从驻地到山东军区文工团驻地跑步前进，要小半天的时间。

吕其明灵机一动，他想到骑兵连驻地就在附近，就跑到那里求助："报告连长，团长派我去执行任务，需要向你们借一匹马。"

连长笑呵呵地答应了。他带吕其明去马棚，在里面挑出一匹个头儿小、性格温顺的母马，并将马镫往上提了提，把缰绳交给了吕其明。

吕其明翻身上马，坐稳了身子，双腿一夹马肚子，嘴里发出"驾驾驾"的喊声，马向前跑去。这匹战马久经沙场，懂命令，听指挥。但它回头看见背上的主人是一个孩子时，变得不屑一顾起来。它猛地扬起了脖子，发出"咴儿——"的一声长叫，一双前蹄离地而起，给吕其明来了个"下马威"。

吕其明以前也骑过马，但从来没经历过这个阵势，他吓得急忙伏身在马背上，才没被甩到地上。他还掌握不好真正驾马的本领。马一跑起来，他那小小的身子根本压不住，在马背上左右直晃，几次都差一点儿从马背上掉下来。

这一程不算近，一路颠簸，吕其明的身子都快颠散架了。

忽然，对面走过来一队人马。吕其明警觉地拉紧了缰绳，伸手摸出了自己的小手枪。

快到近前的时候，他仔细打量才发现，这些人像是文工团的同行。

他抽了一马鞭，上前问道："同志，你们是哪一部分的？"

"你是哪一部分的？"队伍前面的高个子反问他。

"我是……"吕其明犹豫了一下，不能暴露自己的身份，"我们……也许是同志吧。"

对方看他是个小孩子，也不像个坏人，就不再追根问底。

吕其明心里琢磨，他们看起来像文工团，是不是就是自己要对接的八路军山东军区文工团呢？于是，他开门见山地说："我想找你们领导。"

高个子转身朝后面喊："蔡团长，有人找你。"

吕其明庄重地敬了一个军礼："我是新四军的吕其明！"他向对方亮明了身份，"我们团长派我来，就是欢迎你们去我们那里慰问演出，先接个头。"然后他又说出了自己的第二个任务，"还想请你们支援一下，我们长途行军，现在演出遇到了困难，纱罩用完了，不知道你们有没有？"

蔡团长转过头对后面喊道："小魏，咱们的纱罩还有多余的吗？新四军剧团要借用几个。"

后面传来小魏的回答："报告团长，我们的纱罩也不多了。"

蔡团长说："我们可以省着用，先支援给他们一些。"

吕其明特别开心，脸上露出了小孩子特有的调皮的笑。他跟着小魏取到了六个纱罩，背到了背上。

蔡团长望着吕其明瘦小的背影，跟领队队员说："有意思，八路军和新四军联欢，派这么个小家伙来接头，有胆识。"又自言自语地说，"看他年龄小，办事倒是一丝不苟。真是人不可貌相，海水不可斗量。"

谈好了联合演出的相关事宜后，吕其明带着纱罩往回飞奔。这次，他的马骑得好多了，随着马的奔跑,他有节奏地在马背上起伏。可是,这匹马回家心切,竟疯跑起来。回去都是下坡路,有句话说,上坡好走下坡难,把吕其明吓得心都发毛了。

下马的时候,他又难住了。马不听他的话,停不下奔跑的脚步。他只好骑着马在骑兵连附近的广场上转,等转到马有些疲惫了,才慢下来。他一勒马缰绳,趁着马扭过头来喘口气的工夫,从马背上跳了下来。

不久后,新四军和八路军的剧团进行了联欢,节目非常精彩。

完成音乐处女作

贺绿汀离开剧团之后,他的样子在吕其明的脑子里却挥之不去。只要有机会,吕其明总是学着贺教授的样子改编一下曲子,带着大家唱。

有一次晚会,他还把自吟自唱的无字歌做成了一部四声部合唱曲,并自告奋勇地跑上舞台做指挥。台上唱歌,台下鼓掌。

他小小的、认真的样子,感动了大家。他的才华,也渐渐显露出来。

只有他自己知道,贺绿汀在他心中播下的那颗音乐种子,已经开始发芽了。

一九四四年冬下了一场大雪。

这天早上,吕其明醒来看到鹅毛大雪铺满了大地。他们和平时一样出操、跑步、练基本功。吕其明很少见到这样的大雪,他兴奋地在雪地上和战士们又跑又跳,大声地唱歌、打雪仗、堆雪人。

他觉得有一种莫名的冲动,想要为雪写支曲子,但又不知道怎么写。

正在这时,机会来了。

孙超跑过来递给吕其明一页纸:"小吕,我写了一首关于大雪的歌词,你看看。"他信任地看着小吕,"你聪明,乐感好,帮我谱上曲子好不好?"

吕其明痛快地答应下来。

就这样,吕其明拿着这首歌词,全然忘记了所有,他的世界仿佛只剩了大地上那苍茫无尽的雪。

他苦思冥想,一口气谱出了这首歌曲《雪》。

> 我站在门前的小石板上,
> 一望无际白浩浩,
> 昨天的鹅毛大雪,
> 染白了整个的山野和村庄……

他采用了四拍子的节奏,慢板,抒情,将自己对雪的热爱用音符做了充分的表达。

吕其明永远忘不了这个习作,虽然有些幼稚,里面也有不少模仿的痕迹,算不得正式创作,但那也是他的一次尝试,是他作为音乐家迈出的一步。

这一步,虽然像孩子学走路一样,趔趔趄趄,却迈出去了。

这一步,好像在雪地上留下的那些脚印,深深浅浅,歪歪扭扭。

这一步,也许别人早已忘记,但吕其明会一直记得。

一九四八年,解放战争进入第三年,济南战役打响。胜利之后,吕其明所在的华东军区文工团在万众欢腾的凯歌声中,打着腰鼓进入济南城。

吕其明无比激动,他的灵感像小鹿一样在心中撞来撞去,作为一名文艺战士的使命感使他想尽快把这种感觉歌唱出来。

革命战争的钢铁洪流催促着他,红旗漫卷的胜利冲击着他。

他再也不能不写了。

他找到了写歌词的曹鹏，他们在一起商量要写一首表达此时此刻激动心情的歌曲，于是《军队向前进》诞生了：

> 我们是人民的解放军，
> 我们要胜利前进再前进。
> 过一城又一城，
> 排山倒海，万马奔腾。
> 红旗飘飘，勇猛向前。
> 连续战斗，所向无敌。
> 军队向前进，
> 向前进，向前进！

歌曲节奏铿锵有力，歌词热情奔放，它来自沸腾的战斗前线，来自胜利的革命战争，更来自两颗充满激情的年轻的心。

这首歌从济南开始唱起，在剧场里唱，在战士们中间传唱，由几个人合唱变成了成百上千人的齐唱。

一场接一场的胜利，一场接一场的歌唱，战士们热血沸腾，受到了极大的振奋和鼓舞。

踏着这首歌曲的节奏，吕其明和华东军区文工团的战友们肩上披着红绸带，腰上系着腰鼓，兴高采烈地与群众欢庆胜利。

打腰鼓的队伍中，吕其明是最小的那一个。他们一边打腰鼓，一边扭秧歌。这是胜利的喜悦，这是少年的喜悦，这是他一步一步迈向新征程的喜悦。

当吕其明和战友们踏着这首歌挺进上海时，又一次引起轰动。

淮海战役取得了伟大胜利，《军队向前进》在慰问演出中很受欢迎。官兵们唱着它热血沸腾，向着全面胜利，继续前进。

《军队向前进》是吕其明的处女作。从此吕其明开始了作曲人生的第一乐章。这一年，他十八岁。

为影视作品谱曲

中华人民共和国成立后，吕其明脱下军装，转业到上海电影制片厂，他的第一份工作就是做一个小提琴手。

当年刚被调到华东军区文工团的时候，团里把缴获的小提琴分给了吕其明。从那时起，这把小提琴一直陪伴着吕其明，从部队到地方，从少年到退休。现在，这把小提琴已被上海电影博物馆收藏。而那曾响在琴弦上的音乐，早已飞进了新中国的音乐史，影响了一代又一代人。

吕其明担任小提琴手后，渐渐变得恐慌。自己究竟能干什么？他闷着头在家，开始一刻不停地学习。演奏员已经不能满足他的音乐梦想。他渴望学习作曲，一边搜集钻研中外音乐作品，一边拜师学艺，等待机会。

终于，他成了电影厂的专职作曲。一九五六年，二十六岁的吕其明应邀为电影《铁道游击队》作曲。经历过战争的洗礼，也系统地学习了音乐创作，吕其明欣然从命。

电影《铁道游击队》是根据同名小说改编的，这部小说，很多生长于二十世纪六七十年代的人都看过，写的是鲁南枣庄的煤矿工人和铁路工人由于不堪日寇的屠杀和蹂躏，在中国共产党的领导下，秘密地建立了武装组织，战斗在铁路线上，对敌展开了多种形式的斗争。它揭露了日本帝国主义侵略中国的罪行，歌颂了游击队队员的英雄气概和忘我的牺牲精神。

听说深受欢迎的小说要被改编成电影，大家充满了期待。有趣的是，影片上映后，大家渐渐记不清其中的人物或情节，却对电影里的插曲记忆犹新。

影片中有这样一个情节：游击队被围困在微山湖的岛礁上，他们连续打退了敌人数次进攻后，黄昏到来了，在这个难得的战斗空隙，小战士弹起了自己手里的土琵琶，带头唱起了歌，其他战士也随声合唱，表现出了处在艰苦斗争环境中的游击队队员的革命乐观主义精神。

他们唱的，就是吕其明作曲的那首《弹起我心爱的土琵琶》。

听到这首歌，电影观众都激动得眼含泪水，恨不能和他们一起上战场，一起唱响这支好听的歌曲。

当时，这首歌响遍了大江南北、大街小巷，几乎每个人都会唱。

吕其明到现在还记得他在作这首乐曲前，一度陷入了沉思。他想象着那些英勇的铁道游击队队员与鬼子周旋，痛击敌人的情景，更想起了小时候自己所在的新四军打击敌人的艰苦岁月，一股革命英雄主义和浪漫主义的情思涌上心头，一段优美的旋律在心中开始激荡。

忽然，他仿佛看到了湖中心有一条小船，船头上坐着一个划船的人。他的视线模糊了。他揉了揉眼睛，发现那条船上的人不是别人，而是自己，是那个曾经的小小少年。他坐在船头,衣服湿漉漉,头发乱蓬蓬,阳光洒在他的身上。那初升的旭日,那平静的湖水,那一排生死之交的战友……那时,那个小小的自己刚刚死里逃生,那股活下来的喜悦,那股对革命胜利的强大信念,那股殷殷的战友情谊,一下子充溢心头。

吕其明忽然发现,少年时冲撞在心中的音乐复活了,它仿佛迫不及待地冲开了情感的闸门奔涌而出。

他激动得红了眼圈。

他急忙掏出笔,用音符记录下那瞬间的感觉。

他先用一段歌谣体的旋律找到感觉,那舒缓浪漫的表达让人情难自抑;中间部分,他用进行曲表现战士的英勇机智和胜利的喜悦;最后,又回到抒情旋律。吕其明认为从游击队队员口中唱出的应是语言通俗生动、民歌风格强烈的歌曲。出于这种简单、朴素的想法,曲子自然地创作出来了。

于是,我们听到了这首在中国音乐史上经久传唱的歌曲。这首歌就是由芦芒和何彬作词、吕其明作曲的《弹起我心爱的土琵琶》:

西边的太阳快要落山了,
微山湖上静悄悄。
弹起我心爱的土琵琶,
唱起那动人的歌谣。

爬上飞快的火车,
像骑上奔驰的骏马。
车站和铁道线上,
是我们杀敌的好战场。
我们爬飞车那个搞机枪,
撞火车那个炸桥梁,
就像钢刀插入敌胸膛,
打得鬼子魂飞胆丧。

西边的太阳就要落山了,
鬼子的末日就要来到。
弹起我心爱的土琵琶,
唱起那动人的歌谣。
哎……嗨……嗨……

中原大地，齐鲁热土，留下了吕其明的战斗足迹。解放战争期间，他利用战地宣传的间隙，走访当地歌手、琴师等民间艺人，对山东曲艺、民间歌舞随时听、随时记，积累了大量素材。除了《弹起我心爱的土琵琶》，吕其明创作的另一首源于热血与真情的作品也成为流传的经典。

一九六一年，吕其明和杨庶正、肖培珩接到给电影《红日》作曲作词的任务。

他们一起来到山东临沂的孟良崮体验生活，那是当年孟良崮战役的旧址。电影《红日》根据吴强的同名小说改编，以涟水、莱芜、孟良崮三次战斗为主线，讲述了中国人民解放军在敌我力量悬殊的情况下取得胜利的故事。

他们登上了孟良崮的山顶，吕其明从山上看到和平的山东大地上绿树环绕，炊烟绕村，梯田沿山而上，白云在山顶飘动。大家在一起你一句我一句，群情激昂，不一会儿工夫，就把《谁不说俺家乡好》这首歌的词写出来了。

一座座青山紧相连，

一朵朵白云绕山间。

一片片梯田一层层绿，

一阵阵歌声随风传。

哎，谁不说俺家乡好……

弯弯的河水流不尽，

高高的松柏万年青。

解放军是咱的亲骨肉，

鱼水难分一家人……

绿油油的果树满山冈，

望不尽的麦浪闪金光。

看好咱们的胜利果，

幸福的生活千年万年长。

哎，谁不说俺解放区好……

在作曲的时候，几位作曲家把胶东民歌《王二小赶集》的旋律借鉴进来，用典型的山东民歌风格，唱出了沂蒙地区的大好风光和军民鱼水之情。

吕其明不但为这首歌作曲，还参与了作词。只有他知道，他在词曲中注入的那些情感来自哪里。

这首歌，那萦回的起承转合，饱含着浓浓的化不开的深情。

那是从七天七夜绵绵不断的雨声中来的。

那是从于大伯爬上山的脚步声中来的。

那是咀嚼香喷喷的玉米粑的声音。

那是乡村孩子兴奋的喊叫。

那是军民间深厚的鱼水情谊，更是战胜敌人离不开的法宝。

值得一提的是，二〇〇七年我国成功发射的首颗绕月人造卫星"嫦娥1号"搭载了三十首歌曲升空，其中就有这支歌。

为影视谱曲四十年，吕其明的作品带着强烈的时代气息。二十世纪五六十年代，他的作品大多数昂扬豪迈，激情澎湃，饱含着革命乐观主义精神。

到了七八十年代，随着电影主题的丰富，吕其明为电影作曲的风格也发生了变化。

《城南旧事》这部影片通过表现小女孩林英子

对社会的观察和她自己的境遇，真实反映了二十世纪二十年代中期北平的世态人情。电影导演用"淡淡的哀愁，沉沉的相思"十个字来为电影定下基调。

这与以往的电影风格有很大的不同，吕其明最终决定选用李叔同填词、美国作曲家约翰·庞德·奥特威作曲的《送别》作为主题曲，为该片改编并创作了八段音乐。这首歌在影片中多次出现，在"毕业典礼"上，在小英子的班级中歌曲传达了纯朴的氛围，符合影片的需要。但是，全曲总的来说是轻快的，吕其明不断尝试，让其符合剧情发展需要，向悲剧氛围转化。

经过反复探索，吕其明取消了原曲配器中的木管、铜管和打击乐，别出心裁地增加了新笛和抱笙两种乐器。在影片的尾声，主角小英子在医院同爸爸告别，长达五分钟的时间里没有一句台词，全部是音乐。演奏时还加上弱音器，使回荡在观众耳际的声音传达出动人心弦的哀伤，配合电影画面，银幕内外都弥散着令人难以忘怀的离别思绪。

是辞行，是别离，是一种人生最深的痛。

106　中华先锋人物故事汇　吕其明

此情此景，胜过千言万语。

《弹起我心爱的土琵琶》，吕其明用了一天完成创作；《谁不说俺家乡好》，几位作曲家仅用半天完成；为《城南旧事》配乐，吕其明抛开以往的作曲习惯，耗费整整十个月才完成创作。而吕其明对音乐的探索，却从未停止。七十余年的影视剧作曲时光里，他有悲有喜，有苦有乐，有低谷，有高峰，也有创作成功带来的欣慰与幸福。

亲情、战友情永不忘

吕其明十岁参军，十九岁转业到上海电影制片厂，虽然戎马生涯只有九年，但这短短九年却影响了他的一生。

正因为他熟悉土生土长的游击队队员，才"弹响"了那心爱的土琵琶；正因为他有了跟随新四军出生入死的经历，才能淋漓尽致地抒发《谁不说俺家乡好》的情怀；正因为他有感于包括他父亲在内的无数革命先烈的前赴后继、壮烈牺牲，才有了饱含思念的《雨花祭》。

南京雨花台是中国革命历史的见证和革命烈士纪念圣地。

吕其明曾多次前往雨花台，他的父亲长眠在

那里。

一九四五年八月，抗日战争取得了胜利。国民党为争夺胜利果实，向抗日根据地步步进逼。

为避开尖锐的交锋，为和平争取时间，中国共产党同意撤出皖中、江南等八块根据地。

新四军向山东撤离。吕惠生由于过度劳累，积劳成疾，一下子病倒了，无法随军北撤。组织决定将他的撤退路线从陆路改为水路，从长江坐船撤离。

秋日的一个傍晚，吕惠生带着妻子和三个孩子从姚王庙渡口上了一艘木船，随他们上船的还有新四军的一些伤员、卫生员等。

船向前行进着，几天都很平安。

到西梁山附近江面时，他们忽然被另一艘大船拦住了。有人认出了吕惠生，不由分说将吕惠生和他的家人一起带下了船。吕惠生知道，一定是有人告密，国民党才知道了他们的行踪。

后来吕其明的妈妈说，她记得特别清楚，吕其明的爸爸被捕那天是农历中秋。

每年这个月亮最圆的日子,成了吕其明全家最深的疼痛。

长江水翻起呜咽的浪花,无力拯救他的儿子。

吕惠生被捕后,被秘密关押在芜湖,独囚牢笼,和外界隔绝。

中国共产党组织各种人力物力营救吕惠生,但都没能取得成功。敌人释放了吕惠生的妻子和孩子,却把他秘密押往南京。

在吕惠生最后的岁月里,他饱受病魔折磨,敌人又软硬兼施,严刑拷打,但吕惠生始终没有屈服,决不投降。

一九四五年十一月十三日,敌人将他押上了刑场,吕惠生英勇就义。这一年,他年仅四十二岁。

临上刑场前,敌人问他:"你今天就要死了,感到遗憾吗?"

面对几把明晃晃的刺刀,吕惠生毫无惧色,掷地有声地回答:"为革命而死,为真理而死,是最大的光荣,绝无遗憾!遗憾的是坚持敌后抗战多年,有许多宝贵经验没有来得及总结。"

他留下的最后一句话是:"在我的墓碑上写上

'共产党员吕惠生之墓'。"

人们找到了他牺牲前写下的诗：

忍看山河碎，愿将赤血流。
残酷开敌后，攀攘展民猷。
八载坚心志，忠贞为国酬。
且喜天破晓，竟死我何求？

吕惠生壮烈牺牲了，吕其明和姐姐很久以后才知道这个噩耗。他们悲痛欲绝，感到天塌地陷。

组织让他们俩回家一趟，他们的妈妈还不知道这个消息，他们回去可以安慰一下妈妈。

吕其明回到家，一下子扑到妈妈怀里，他喊了一声"妈"，想哭却不敢。

妈妈见到他们，只是轻轻地拍了拍："回来就好，平安归来，比什么都好。"

吕其明转告了组织的关怀，想说出爸爸牺牲的消息，可话到嘴边又吞进了肚里。

其实，吕其明的妈妈早已得知噩耗，儿女瞒着她，她也不想将这件事说破。

她甚至清楚地记得，吕惠生从被捕到牺牲，一共五十五天。

一九九八年，吕其明收到了雨花台烈士纪念馆的邀请，为改造后的纪念馆写背景音乐。吕其明懂得，这是一项特殊而艰巨的创作任务。为烈士纪念馆写背景音乐，应与参观者相融，并且在长达六十分钟十五个乐章的音乐中，不能戏剧化，情绪不能大起大落，应该以缅怀、崇敬、悼念的情感贯穿始终。

尽管如此，吕其明还是毫不犹豫地接受了这个任务。作为烈士后代，他认为自己有责任承担这项工作。他与纪念馆约法三章：一不观光；二不住高级宾馆；三不接待媒体，不做宣传。同时，他分文不取。

为了写《雨花祭》，他又专程到雨花台烈士纪念馆做了一周多的参观。走进雨花台大门，站在烈士群雕前，神圣感油然而生。他登临高处，环视雨花台全景，有多少英雄形象涌上心头，有多少千古绝唱在他耳畔回响。为人民捐躯的烈士，每一位都可歌可泣，他们的故事可以汇成一部历史的交响诗。

吕其明在南京逗留八天，每天都跟随参观者，步行到纪念馆，心灵受到极大震撼。他说："我净化了自己的思想和灵魂，好像进入了神圣而伟大的殿堂，更加激发了我的创作热情。"

回到上海，他每天五六点就开始创作，晚上八九点尚未停歇，每天工作十几个小时。半年以后，一部深沉、委婉、令人思绪万千的《雨花祭》终于诞生了。

雨花台本身就是一部波澜壮阔的交响乐。五段体曲式的背景音乐《雨花祭》，悠长而深沉，各部分彼此独立又互相呼应。音乐在展厅里回旋，将人们送入历史隧道，回顾中国革命历史悲壮的一幕幕，跨越时空与先烈们的对话。

这部音乐是吕其明献给牺牲在雨花台的革命烈士的，也是献给所有为中国革命抛头颅洒热血的英雄们的。

《雨花祭》从每天早上八点半纪念馆开馆一直滚动播放到当天闭馆。

亲情、战友情永不忘

后来，吕其明接受雨花台烈士纪念馆的建议，把这部作品的总谱手稿陈列于他父亲的英雄事迹展示柜中，并配上文字说明："吕其明同志是吕惠生烈士的长子。"

吕其明常说："革命历史题材对青年一代非常有意义。我们不能忘记过去，不能淡忘为革命事业而牺牲的先辈。忘记过去，就等于背叛。"这就是他毕生钟情于革命历史题材音乐的缘由。《雨花祭》创作接近尾声的时候，吕其明收到了上海交响乐团的约稿，又将满腔热血倾注到《龙华祭》中。

《龙华祭》是与《雨花祭》差不多同时诞生的管弦乐组曲，是吕其明献给为解放上海而牺牲的烈士们的。

处在上海郊外的龙华古镇，在一九二七年四一二反革命政变后，成为国民党反动派屠杀爱国人士和共产党人的刑场。一九四九年为解放上海，中国人民解放军浴血奋战，几千名官兵牺牲，很多人长眠在龙华这片土地上。

《龙华祭》整部作品深沉、凝重，表达了吕其明对烈士的深切怀念。

从吕其明的音乐里,我们听到了龙华在滴血,那是他献给未能迎来新中国最后解放的英勇烈士们的音乐诗。

把一生融入红旗

父亲牺牲那一年,吕其明十五岁。

十五岁的这一年,他加入了中国共产党。

他还记得,政委带他宣誓的那个难忘时刻。

从那时起,吕其明知道,自己会一心向党,一辈子为人民工作。

从那时起,吕其明就用一个共产党员的标准严格要求自己。

从那时起,吕其明知道,自己将从这里,走向更远的远方。

他是踏着《军队向前进》的节奏,从童年走出来的。

他用了一辈子的时间,走向他的华彩乐章《红旗颂》。

二〇一六年三月,吕其明与上海爱乐乐团一行来到北京,他们将在北京国家大剧院举行一场别开生面的音乐会。这场音乐会,吕其明是主角,因为音乐会的标题是《把心交给祖国——吕其明作品专场音乐会》。

作曲许多年,吕其明还从没在北京开过自己的作品专场音乐会,虽久经沙场,但这首次专场大型演出,还是让吕其明忐忑不安。他就像进京赶考的书生一样,等待着首都观众的大考。

等候已久的各路记者都争相过来采访,首都音乐界领导和专家以及各界观众一千多人都赶来了。

当年那个在舞台上逃难的小毛吕其明,心情难以平静。

音乐会开始了,管弦乐序曲《红旗颂》腾空而起,音乐饱含激情,像绚丽的焰火撒向夜空,一下子震惊了整个国家大剧院。

《红旗颂》是新中国第一部以歌颂红旗为主题的器乐作品,也是迄今中国音乐舞台演奏率最高、媒体播放次数最多的音乐作品之一。

一九六五年二月,三十五岁的吕其明接受了为第六届"上海之春"音乐节创作开幕曲的任务。当时,上海音乐家协会交给他的任务是写一首以"红旗"为主题的弦乐序曲。显然,和许多次接到的任务一样,这是一篇"命题作文"。

接到任务,他既激动,又不安。

虽然新中国成立后,上海电影制片厂曾送他去上海音乐学院学习。前前后后进修七年,吕其明在音乐创作上已打下了较厚的专业底子,但他还是对驾驭这样一部大型乐曲感到信心不足。

他几乎夜不能寐。

他想起在战火纷飞的岁月,他和他的战友们在红旗的指引下与敌人浴血奋战的日日夜夜。

想起亲眼看见的解放军战士在红旗下冲锋陷阵的身影。

想起父亲没能看到新中国国旗升起就牺牲所留下的遗憾。

怀着对祖国和人民的赤子之心,他夜以继日、废寝忘食地奋力创作，仅用一周的时间就完成了这部弦乐序曲。

《红旗颂》，是这部乐曲的名字。

小号吹起紧急序曲，那是集合，那是出发，那是蓄势待发，那是带有国歌旋律的召唤，大钹忽然一响，犹如红旗升起，犹如旭日东升，犹如焰火升腾，这时万马奔腾而至，千军将士英勇冲锋……

那红旗，那冉冉升起的红旗，有多少人为它而奋斗，而牺牲，而百折不挠。

引领着新民主主义革命取得最后胜利的，是红旗。

引领着抗日战争胜利的，是红旗。

引领着解放战争胜利的，是红旗。

引领着中国人民取得一场又一场胜利的，是我们共和国的红旗……

从国歌中演化而来的旋律，在作品中有着极其重要的作用，从乐曲开头到尾声，旋律不断出现，使红旗飘飘的音乐形象自始至终贯穿全曲，与颂歌主题相辅相成，成为全曲的主体。

《红旗颂》用激情和深情描绘了中华人民共和

国成立时五星红旗冉冉升起的情景。

它用激情华丽的乐章再现了一九四九年十月一日开国大典上，天安门广场升起第一面五星红旗的令人震撼的一幕。

吕其明虽然没有亲眼看见国旗第一次升起的样子，但他在心里却早就模拟出来了。因为，他曾亲眼见证了新中国成立之初国庆日时升起国旗的情景。

一九五一年，吕其明从上海临时调到北京电影制片厂工作，作为杰出代表，他有几次被组织选去天安门广场观看阅兵。

当他看到天安门城楼上人民领袖毛泽东主席，当他看到检阅三军的朱德总司令，当他看到威武雄壮的中国人民解放军部队，当他听到天安门广场上各族人民沸腾的欢呼声，他的双眼浸满泪水。

战机掠过天安门上空，那些战车像滚滚铁流一样从天安门前列队经过，那些从战场上走过来的英雄儿女展开了气势浩荡的方阵……和平鸽飞起来了，红气球飘起来了，老人和孩子的脸上露出了灿烂的笑容……

而那许许多多飘扬在蓝天下的五星红旗,像红色的大海,深深地将他浸染。是的,吕其明知道,他的一生,都将融入这面旗帜。他的心里,也种下了一个志愿:有一天,一定要为红旗唱一首歌。

这一次,这一天来临了。

当吕其明吟出《红旗颂》的主旋律时,他激动地流下了眼泪。他的一颗赤子之心,在这样的旋律中被他捧了出来,献给自己的祖国。

在随后的第六届"上海之春"音乐节开幕式上,《红旗颂》由上海交响乐团、上海电影乐团、上海管乐团联合首演,一举成功。

公开首演后,《红旗颂》立刻得到各大文艺团体的竞相演出,广为流传。

但吕其明总是觉得不是特别满意,他当时的感觉是自己"功力尚浅"。

于是半个多世纪以来,他一直在完善着这部作品。

他一个和声、几个音符地慢慢修改、雕琢,从未放弃对《红旗颂》更臻完美的追求。"就像一个雕塑家在一件作品最后收工前,要用砂纸去精细地打磨一样，作曲家对他的作品也要进行反复的精雕细琢，这样才能使其成为精品。"在吕其明看来，这些细微的改动，事关整部作品的品质，值得用心打磨。

通过无数次修改，他将对党、对祖国和人民更深沉的爱与理解融入其中，在首演五十四年后，也就是二〇一九年中华人民共和国成立七十周年之际，《红旗颂》最终定稿。全曲相较于初演的版本，有将近四十处做了修改。

如今，修改后的《红旗颂》在旋律中加进了《东方红》的副歌曲式，在尾声配器中加强了国歌旋律，爱国主义激情更加澎湃，其强大的艺术魅力依然感染着今天的观众。

同时，五十多年来，由于各个音乐团体的需要，《红旗颂》也被改成了许多音乐人喜闻乐见的演出形式，比如管弦乐版、管乐版、合唱版、钢琴版……

吕其明说："我将自己的人生与共和国七十年一起写成了歌。这是我送给新中国成立七十周年的礼物，祝愿我的祖国永远繁荣富强。"

《红旗颂》见证了新中国的冉冉上升，它还将继续为这个国家的发展奏响新的乐章。

一部优秀的作品，属于所有懂得它的人。它可以穿透高山大海，与无数颗心一起鸣响；它更可以张开巨大的翅膀，覆盖住多个年龄段的听众。在《红旗颂》首演四十五周年之际，随着观众热烈的掌声，一群来自上海市幼儿园的小朋友挥舞着四十五面小小的五星红旗，跑向舞台。孩子们高喊着"红旗爷爷""红旗爷爷"，将吕其明团团地包围起来。在这一刻，吕其明的心都被融化了，他感到无比的幸福。

红旗爷爷！吕其明一生都在写《红旗颂》，恐怕连他自己都想不到，不知不觉间，融在红旗中的自己，已经成了那面被歌颂了无数遍的红旗。

从《红旗颂》到"红色三部曲"

吕其明曾为二百余部（集）电影、电视剧作曲，同时创作了管弦乐序曲、交响组曲、随想曲等十余部大、中型器乐作品以及三百余首不同体裁和形式的声乐作品。曾获中国电影音乐终身成就奖、"上海之春"国际音乐节特别贡献奖、第八届中国音乐金钟奖终身成就奖、第六届上海文学艺术奖终身成就奖、第十届中国金唱片奖最佳创作奖等荣誉。

荣誉加身，也无法阻挡吕其明的创作。

二十一世纪伊始，吕其明又为大型文献专题片《使命》配乐。这部专题片是为庆祝中国共产党成立八十周年而制作的。

为了找感觉，吕其明翻阅了大量的党史以及相关历史资料，思想上被一次又一次震撼。尽管他从小就参加革命，但对于中国共产党的奋斗史，还是知道得不够深透。这一次，他带着创作的使命重温了一遍党史和新中国史。

《使命》配乐的旋律日夜在吕其明耳边回响，二〇一二年，在党的十八大即将召开之际，吕其明接到一个重要任务，那就是写一部献礼作品。吕其明心底里对《使命》配乐的改编版已酝酿成熟，他决定将《使命》做成一部大型交响乐。

那时，吕其明已经八十二岁了。他请求组织火线支援，希望作曲家陈新光与自己合作。

接下来的日子里，按照吕其明的完整构思，他们着手创作让中国百姓喜欢听、听得懂的音乐。虽然以传统手法为主，但在和声和配器上，他们狠下功夫、大胆突破，花了二十九天时间，终于大功告成。

交响组曲《使命》先在上海闪亮登场，后在国家大剧院隆重上演，弦琴与管乐刚柔并济，繁音与雅韵悠悠相缠。

作品从铿锵有力的进行曲，到呈现"路途艰难"的音乐画面，最后回到组曲的音乐主题，在号角声中融入国歌元素，把乐曲推向庄严、大气、辉煌的最高潮，既生动体现了中华民族的传统音乐特质，又巧妙运用了新的作曲技法。

这种颂歌式的主题，最能展现吕其明的风格，这位"旋律大师"，将这部交响乐的气势和高度做了更深入、更感人的表达。

一样表达对党、对祖国、对人民军队的炽热情感，和《红旗颂》不同的是，《使命》不是单纯的序曲，它的体量很大，全曲近四十分钟，由序曲、四个乐章和尾声六大部分组成，每个乐章都有独特的结构和内容。

八十二岁的吕其明又一次成功地完成了带有使命感的奏唱。

时间衰老了岁月，却减弱不了艺术家的深情。

二〇一八年到了，吕其明依旧充满创作冲动。和从前那个拿着铅笔头、冥思苦想要憋出一首小小乐曲的小小少年相比，吕其明除了年龄增长，一直不变的是那份对音乐的执着，一切都像最初一样。

当他又一次接到任务时，他还是找到了自己的老搭档陈新光，他们来共同创作一个新作。

这一次的再度携手，是写作管弦乐曲《手拉手——中华大家园》。这是一部民族风格浓郁的管弦乐曲。乐曲中融入很多西南地区少数民族的音乐素材，生动表达了铸牢中华民族共同体意识，促进各民族像石榴籽一样紧紧抱在一起的主题内容，寓意着我们手拉手，永远心连心建设中华民族共有精神家园的新境界、新气象。

八十八岁的音乐家吕其明，像一棵挺立的青松一样，站在迎风而起的音乐中，依旧玉树临风，神采奕奕。

一个艺术家的精神有多坚韧，他的艺术生命就有多璀璨。

二〇二〇年，新冠肺炎疫情肆虐。不知所措的人们惊慌不已，心中蒙上了一层灰色的阴霾。

中国的白衣天使们在除夕夜冲上了抗疫最前线，作为一个曾经的军人，吕其明心底的激情又一次被唤起。他在新闻中看到了这些年轻的战士，自己的心一下子飞回到他三十三岁那年。

一九六三年，身为上海电影乐团团长的吕其明接到为电影《白求恩大夫》作曲的任务。

他来到国际主义战士白求恩战斗过的河北，深入了解和感受战场上白求恩救死扶伤的情怀。伫立在白求恩纪念馆前，他的心情久久不能平静。他将自己的深情化作颂歌曲式，为电影完成了配乐。音乐曲调抒情、质朴、真实，有叙事诗般的风格，深切表达了白求恩与中国人民同甘共苦、生死与共的高尚情操。

现在，这些年轻的战士，不顾个人安危奋战在抗疫第一线。吕其明再也抑制不住了，他脱口哼出了《白求恩大夫》的第一段落，同时，第二段落也呼之欲出。

他奋笔疾书，再写一曲。

经过连续奋战，他用这个熟悉的素材重新提炼，一口气创作完成了时长十七分钟的单乐章随想曲《白求恩在晋察冀》，以此歌颂他心中的这些抗疫天使，这些白衣战士。

吕其明像一个诗人一样,用音符深情地咏叹着国家的命运。不老的音符,历经时间的淘洗,更显出润泽丰富的质感。

谨以此曲,他向抗击新冠肺炎疫情的医务工作者致敬!

向经得住风吹雨打的伟大祖国致敬!

向永远不老的音乐致敬!

同时,也向自己的九十岁,致敬!

吕其明曾说:"我一生就做了一件事,就是用创作践行入党誓言。"

那是他在少年时的誓言,也是他一生的追求。

吕其明在《音符里的畅想》这本书的题记上说:"为祖国、为人民而写作,对我来说,绝不是一句过时的口号,而是终身的崇高天职和神圣使命。"

时至今日,九十二岁的吕其明仍在创作新的作品,他希望在有生之年拿出更多人民群众喜爱的音乐,也期待着与当代青年一起奋斗,共同努力。

向着历史,向着音乐,向着风,吕其明对孩子

们说的话被传出很远很远:

"我是非常羡慕你们的,因为你们生逢盛世、肩负重任,你们应该大有作为,也可以大有作为。毛主席说:'世界是你们的,也是我们的,但是归根结底是你们的。'"